KB045943

……이프리타!

아르마는 자신과 계약한
중위 정령의 이름을 마음속으로 외쳤다.
그러자 거대한 사자의 형태를 한 환수가 모습을 드러냈다.

정령환상기

제가 하루토 씨랑 같이 있고 싶다고 한 거예요
그러니 하루토 씨는 나쁘지 않아요

……맞아. 그러니 우리는 이겨내야 해.
하루토에게 보호만 받는 짐 같은 건 되고 싶지 않아……!

19

바람의 태도

키타야마 유리
Yuri Kitayama
Illustrator◆Riv

정령
환상기

커버 및 본문 일러스트_ Riv

CONTENTS

【 프롤로그 】 ———— 10

【 제 1 장 】 **파란 직전의 일막** ———— 18

【 제 2 장 】 **기습** ———— 28

【 제 3 장 】 **천상의 사자단** ———— 66

【 제 4 장 】 **역전에 역전** ———— 112

【 막간 】 **여행기** ———— 148

【 제 5 장 】 **영웅살인마** ———— 164

【 제 6 장 】 **바람의 태도** ———— 204

【 제 7 장 】 **다음 파란의 예감** ———— 234

【 에필로그 】 ———— 244

【 후기 】 ———— 252

플로라
벨트람

벨트람 왕국 제2 왕녀
언니 크리스티나와
간신히 재회했다

크리스티나
벨트람

벨트람 왕국 제1 왕녀
플로라와 함께
리오에게 보호받고 있다

로아나
폰테인

벨트람 왕국의 귀족 영애
플로라의 수행원으로
함께 움직인다

사카타
히로아키

이세계 전이자이며
용사 중 한 명
유그노 공작을
뒷배로 움직인다

시게쿠라
루이

이세계 전이자인
고등학생
벨트람 왕국의
용사로 움직인다

키쿠치
렌지

이세계 전이자이며
용사 중 한 명
국가에 소속되지 않고
모험가로 지냈는데……

리제롯테
크레티아

가르아크 왕국의 공작
영애이자 리카 상회 회장
전생은 고등학생인
미나모토 리카

아리아
거버네스

리제롯테를 모시는
시녀장이자 마검술사
세리아와는
학생 시절부터 친구

스메라기
사츠키

이세계 전이자이며
미하루 일행의 친구
가르아크 왕국의
용사로 움직인다

샤를로트
가르아크

가르아크 왕국의 제2 왕녀
하루토에게 적극적으로
호감 표시 중

레이스

거듭 암약하는
정체불명의 인물
계획을 어그러뜨리는
리오를 경계한다

사쿠라바
에리카

성녀의 이름으로 변경
소국에 혁명을 일으킨 여성
자신이 용사임을 숨기고
행동 중

리오(하루토 아마카와)

어머니를 죽인 원수에게 복수하기 위해
살아가는 이 작품의 주인공
벨트람 왕국이 지명수배를 내려 가명인 하루토로 활동 중
전생은 일본인 대학생 아마카와 하루토

아이시아

리오를 하루토라고
부르는 계약 정령
희귀한 인간형 정령이지만,
본인의 기억은 애매모호

세리아 크렐

벨트람 왕국의 귀족 영애
리오의 학원시절 은사인
천재 마도사

라티파

정령의 마을에 사는
여우 수인 소녀
전생은 초등학생인
엔도 스즈네

사라

정령의 마을에 사는
은늑대 수인 소녀
리오 곁에서 바깥 세상
견문을 넓히는 중

아르마

정령의 마을에 사는
엘더드워프 소녀
리오 곁에서 바깥 세상
견문을 넓히는 중

오피아

정령의 마을에 사는
하이엘프 소녀
리오 곁에서 바깥 세상
견문을 넓히는 중

아야세 미하루

이세계 전이자인 고등학생
하루토의 소꿉친구이며
첫사랑인 소녀

센도 아키

이세계 전이자인 중학생
이부남매인 하루토를
미워한다

센도 마사토

이세계 전이자인 초등학생
리오에게 미하루, 아키와
함께 보호받는다

등장인물소개

마을과 조금 떨어진 울창한 숲 근처.

리제롯테와 아리아는 아이시아의 도움으로 신성 에리카 민주공화국 수도에서 수 킬로미터 떨어진 땅까지 이동했다.

리오와 신수의 격투는 수도에서 멀리 떨어진 이곳에서도 볼 수 있을 정도로 치열했다.

하지만 멀리서 볼 수 있는 것은 대규모 공격이 발동했을 때 정도였다. 체력 강화로 시력을 높이자 광선을 피하는 리오의 모습을 보긴 했지만, 대규모 공격은 몇 분 전에 멈췄다. 지금은 맑은 하늘만 고요히 펼쳐져 있을 뿐이었다.

아이시아가 리오의 곁으로 간 것은 불과 조금 전의 일. 리제롯테의 신병은 확보했지만 무사를 축하할 분위기는 결코 아니었다.

"……."

리제롯테와 아리아는 숨을 죽인 채 수도 쪽을 계속 응시했다. 그로부터 얼마나 시간이 흘렀을까.

"돌아오신 것 같군요."

"윽……!"

리오를 끌어안고 멀리서 다가오는 아이시아의 모습을 아리아가 먼저 발견했다. 리제롯테도 뒤늦게 둘의 모습을 시야에 포착했다.

조금이라도 빨리 가고 싶은 마음에 리제롯테는 한눈도 팔지 않고 곧장 달려나갔다. 아리아도 그 뒤를 쫓았다.

두 사람의 거리는 빠르게 좁혀졌고 머지않아 아이시아가 리제롯테 앞에 착지했다. 리오는 축 늘어진 채 품에 안겨 있었다.

"……아이시아 씨! 하루토 씨는요?!"

숨을 가쁘게 몰아쉬는 리제롯테가 초조한 기색으로 리오의 안부를 확인하며 정신을 잃은 리오의 얼굴을 들여다보았다.

"괜찮아. 생명에는 지장 없어."

아이시아가 또박또박한 어조로 전해주었다.

"하지만……."

입가엔 기침을 하며 토해낸 핏자국도 보였다. 누가 봐도 전투에서 의식을 잃을 정도의 타격을 입은 것 같은데, 당연히 불안할 수밖에 없었다. 당장이라도 안정을 취해야 했다. 그런 리제롯테를 안심시키듯 아이시아가 말했다.

"응, 하루토를 쉬게 해주고 싶어."

평소처럼 고저 없는 목소리였지만, 의지를 담아 고개를 끄덕였다. 아이시아가 리오를 바닥에 눕힌 뒤 땅에 마력을 흘려보내 지면을 다졌다.

바위집을 꺼내기 위한 사전 준비였다. 굴러다니는 작은 돌들이 지면으로 가라앉으며 순식간에 거칠었던 지형이 평평해졌다.

"……."

아리아에겐 리오와 여행을 하면서 완전히 익숙해진 광경이었지만, 이를 처음 보는 리제롯테는 약간 놀란 기색이었다. 하지만 지금은 그런 것은 아무래도 좋은지 하염없이 미안한 얼굴로 초조하게 볼 뿐이었다.

그런 리제롯테 옆에서 아이시아가 리오의 팔을 잡았다. 그곳에는 팔찌, 시공의 장이 새겨져 있었다.

시공의 장은 마력의 파장이 등록된 사람만 사용할 수 있었다. 등록 가능한 인원은 최대 두 명. 평소 리오가 차고 다니는 팔찌는 세리아의 마력 파장도 함께 등록되어 있었다.

"《디스차지》."

아이시아는 등록자에 포함되어 있지 않았지만 주문을 영창해 시공의 장을 사용했다. 이는 아이시아가 리오와의 계약을 통해 그의 마력을 유용하고 있기에 가능한 숨겨진 기술이자 능력이었다.

"들어와."

"네."

아이시아는 리오를 부드럽게 안아 올리고는 설치된 바위집으로 걸어가기 시작했다. 리제롯테는 리오의 상태가 걱정스러운지 아리아보다도 빨리 달려가 현관문을 열었다.

"두 사람은 여기서 쉬고 있어. 난 하루토를 간호할게."

바위집에 들어간 아이시아는 가장 먼저 하루토의 간병을 자처했다. 리제롯테와 아리아에겐 거실에서 대기하라는 지시를 내리고는 의식을 잃은 리오를 안고 침실로 들어갔다. 하지만 이 상황에서 "네, 알겠습니다" 하고 앉아있을 수도 없는 노릇이었다.

"저, 저기, 제가 도와드릴 일은 없을까요?"

리제롯테는 미안함 가득한 얼굴로 아이시아 뒤를 따르며 자신이 할 수 있는 일이 없는지 물었다.

"옷이 피로 더러워졌으니까 옷을 갈아입히고 몸을 닦을 거야."

도움을 거절하지 않은 아이시아가 함께 하자는 듯 앞으로의 할 일을 알렸다.

"몸을 닦으려면 욕실로 가야겠네요. 그럼 먼저 통이랑 수건을 준비해 놓겠습니다."

아리아는 신성 에리카 민주공화국에 도착할 때까진 이곳에서 지냈기 때문에 어디에 무엇이 있는지 정확하게 파악하고 있었다. 그녀는 욕실로 이어지는 탈의실로 솔선수범해 걸어갔다.

"그럼 리제롯테도 이리 와."

"네!"

아이시아도 리제롯테와 함께 이동했다. 아리아는 탈의실 선반에서 수건과 세제를 꺼낸 뒤 신속한 움직임으로 욕실 문을 열어주었다.

세 명이 모두 욕실로 들어섰다. 아리아는 곧바로 욕실에 비치된 마도구를 만져 통에 물을 부었다.

"내가 받치고 있을 테니까 코트와 윗옷을 벗겨줘."

"네."

아이시아의 부탁에 리제롯테는 부드러운 손길로 리오의 팔을 잡고 코트를 먼저 벗겼다. 이어서 아이시아가 양팔을 올려주어 셔츠까지 벗기고 나자 리오의 상반신이 시야에 들어왔다.

귀족 영애로서 남성의 벌거벗은 몸을 보는 일은 아버지인 크레티아 공작을 포함하지 않는다면 경험이 없었다. 하지만 지금은 그런 것을 신경 쓸 상황이 아니었다.

"윽……."

그럼에도 리제롯테는 리오의 벗은 몸을 가까이서 보고 숨을 삼켰다. 리오의 육체가 상상 이상으로 탄탄해서 그런 것이 아니었다.

"이 상처는……."

자잘한 상처들이 눈에 띄었기 때문이었다.

"성녀와의 싸움에서 입은 상처가 아니니까 괜찮아. 어린 시절에 생긴 오래된 상처. 지금은 다 나았어."

아이시아가 리제롯테를 안심시키듯 말했다.

"그런가요……."

하지만 리제롯테의 표정은 풀리지 않았다. 상처를 입은

후 낫기 전에 치유하면 상처는 깨끗하게 아문다. 이렇게 오래된 흉터가 남아 있다는 것은 상처를 입었을 당시 리오가 치유마법을 받지 못했다는 뜻이다.

그나마 옅은 상처라면 자연 치유로 대부분 깨끗하게 낫겠지만, 리오의 몸에 남아 있는 흉터 중에선 선명한 것도 눈에 띄었다. 눈썰미가 좋지 못한 사람이라면 전투에서 입은 상처일 것이라고 착각할 수도 있겠으나 공교롭게도 리제롯테의 눈썰미는 뛰어났다. 모종의 고문이나 학대 같은 것을 당한 흔적은 아닐까 하는 생각이 들었다.

"……."

아리아도 손에 쥔 수건의 물을 짜면서 리오의 육체를 물끄러미 바라보았다. 하지만 리제롯테가 고통이 담긴 서글픈 얼굴을 짓고 있는 데 비해 아리아는 어떠한 위화감을 안고 있는 것처럼 보였다.

"왜 그래?"

아이시아가 두 사람의 얼굴을 보며 이상하다는 듯 물었다.

"……아뇨, 이 수건을 사용하세요."

아리아가 조심스레 고개를 젓고는 리제롯테에게 따뜻한 물에 적신 수건을 내밀었다.

"네."

수건을 받아든 리제롯테는 세심한 손길로 피를 토해낸 리오의 입가를 성심껏 닦기 시작했다.

'하루토 님……, 아마카와 선배님…….'

그 눈동자엔 눈물이 가득 차올랐지만 움직이는 손길을 멈추지는 않았다. 그저 묵묵히 움직이며 자신으로 인해 상처 입은 리오를 걱정했다. 인자함 자득한 그 손길에는 위태로움마저 엿보였다.

"묻은 피를 닦기만 하는 거라면 바지는 벗길 필요가 없겠네요. 전 더러워진 코트랑 셔츠를 빨겠습니다."

아리아는 벗겨진 리오의 코트와 셔츠를 집어 들고 빨래를 시작했다.

【 제 1 장 】 ❖ 파란 직전의 일막

아주 조금의 시간이 흐른 후.

가르아크 왕국 왕도 근교에 우뚝 솟은 산간부. 전망도 좋고 왕도 가르투크도 수 킬로미터 앞까지 내려다 볼 수 있는 위치.

그곳에 하이엘프 소녀 오피아가 있었다. 주위에는 아무도 없다. 왕성에 있는 미하루나 세리아 일행과는 따로 떨어져 전이 마술의 이동처가 될 마술진 설치를 진행하고 있었다.

우선은 후보지 선정. 사람이 등산해서 들어올 일은 거의 없는 장소였지만, 주위의 안전 확보도 겸해 정령술로 지형을 안정시키거나 인식 저해 결계와 전이 시의 마력 반응을 은폐하는 결계도 쳐두는 등 할 일은 많았다. 그런 준비가 이제서야 모두 끝났다.

"좋아. 술식은 안정됐어. 이걸로 결계 설치도 모두 완료야……. 《디스차지》."

바위집이 두 채라 시공의 장도 두 개가 있었다. 오피아는 이를 이용해 리오에게서 미리 받아둔 전이결정을 꺼냈다.

설정된 전이 장소는 정령의 주민 마을. 설치 작업이 끝난 이상 여기 계속 남아 있을 이유가 없으니 마을에 있는 고우키 일행을 슈트랄 지방으로 데려올 예정이었다. 이를 위해 가르아크 왕국의 이곳에 전이 마술진을 설치했다.

리오가 리제롯테를 구하기 위해 가르아크 왕국을 비운 상황이라 이곳에 데려와도 바로 왕성으로 데려가진 못하고 바위집에서 대기해야 했다. 하지만 이쪽이 먼저 슈트랄 지방에서 준비를 마치는 대로 데리러 가기로 했기 때문에 고우키 일행은 아무것도 모른 채 기다리고 있을 터였다.

《텔레포트》.

오피아는 전이결정을 사용하여 주문을 외웠다. 그러자 주변의 공간이 뒤틀리기 시작했다. 전이 마술 발동의 전조 현상이었다. 전이 직전 오피아는 문득 왕도 가르투크를 바라보았다. 마술이 발동되어 정령의 주민 마을로 이동하기 직전.

"어……?"

그녀의 눈에 들어온 것은 왕도로 쏟아지는 무수한 검은 무언가였다.

"……."

이미 전이는 완료되었다. 지금 오피아 앞에 펼쳐진 것은 정령의 주민 마을 근처에 있는 숲이나 샘뿐이었다. 형언할 수 없는 평화로운 분위기가 감돌고 있었다.

"……뭐였지, 그건?"

오피아는 마치 불길한 전조를 보기라도 한 것처럼 표정을 굳혔다.

"……."

안 좋은 예감이 들었다.

그런 직감에 이끌리듯 오피아는 서둘러 마을로 날아갔다.

◇ ◇ ◇ ◇

그와 거의 비슷한 시간.

장소는 벨트람 왕국 왕도.

세리아의 아버지 로랑 크렐 백작이 벨트람 성을 방문했다. 아르보 공작에게 직접 호출을 받았기 때문이었다.

"그래서 오늘은 대체 무슨 용건이십니까?"

성 안에 마련된 방에서 냉랭한 재회의 인사를 마친 로랑이 담담한 어조로 자신을 부른 이유를 물었다.

"조만간 레스토라시온과 회담이 열릴 걸세. 장소는 아마도 가르아크 왕성. 그러니 백작께서도 행차해주었으면 하네."

아르보 공작은 단도직입적으로 경위와 요구만을 들이댔다.

"이런……, 그걸 왜 저에게?"

로랑은 약간 당황한 표정을 지으면서도 아르보 공작의 표정에서 의도를 알아내기 위해 추가적인 정보를 요구했다.

크리스티나의 왕성 탈주 사건으로 방조 혐의를 받고 있는 지금의 로랑은 아르보 공작파 귀족들에게 레스토라시온의 스파이와 다름없는 혐의를 받고 있었다. 직접적인 증거는 없었기에 처단되지는 않았지만, 현재는 왕도에서의 직책을 내놓고 감시역을 파견 당한 상태에서 영지 운영에만 전념하고 있었다.

왕성으로 들어오는 정세 소식도 차단된 상태였으니 로랑은 이번 기회에 조금이라도 더 캐내 보자 싶었던 것이다.

"백작이라면 그쪽에 아는 얼굴들이 많겠지?"

아르보 공작이 직설적인 어조로 함축적인 말을 던졌다.

"하하, 글쎄요."

로랑은 표표하게 어깨를 으쓱이며 넘어가려 했다.

"사랑스러운 따님은 그쪽에 적을 둔 것 같던데."

아르보 공작은 샤를과의 결혼식에서 유괴되었을 터인 세리아가 어째서인지 레스토라시온에 적을 두고 있는 듯한 현 상황을 지적했다.

세리아의 유괴는 크리스티나 지시에 의한 것이었다. 왕립 학원 시절부터 교류가 있던 세리아를 찾아가 크리스티나의 편으로 스카우트한 것 같다는 정보는 당연히 아르보 공작도 알고 있었다. 벨트람 왕국 본국에 유그노 공작의 입김이 들어간 스파이가 보내졌듯 레스토라시온에도 아르보 공작의 입김이 들어간 스파이가 보내졌기 때문이었다.

"그 정보에 대해선 저도 적잖이 당황했습니다."

세리아의 유괴에 본인은 관여하지 않았다는 것을 알리기 위해 로랑은 자못 씁쓸해 보이는 얼굴로 한숨을 내쉬었다.

"……그렇다고 해도 백작의 딸이 그쪽에 적을 두고 있다는 건 거의 틀림없는 정보일세. 이쪽과 내통한 사람이 실제로 모습도 확인했지."

로랑의 무심한 반응에 아르보 공작이 살짝 인상을 찌푸렸다.

"그런 것 같군요. 딸이 레스토라시온에 적을 둔 것 같다, 그 점에 대해서라면 이론이 없습니다."

그 외의 부분에 대해 논한다면 이론이 있다는 뜻을 암암리에 담아 로랑이 주장했다.

"……뭐, 됐네. 그렇다면 백작에게 회담 동행을 권유하는 이유도 자연히 알겠지."

아르보 공작은 로랑을 수상쩍은 듯이 바라보았으나 증거가 없는 이상 결말은 뻔했다. 애초에 크리스티나가 벨트람 왕성을 탈출한 이상 이미 끝난 일이다.

그런 이유들 때문에 로랑과 레스토라시온의 관계성에 대해서는 더 이상 파고들 여지가 없었다. 아르보 공작은 이야기를 계속 진행하는 것을 택했다.

"……허나 제가 간다 한들 무얼 할 수 있을 것 같진 않군요. 수를 맞추기 위한 동석만으로도 괜찮으시겠습니까?"

설마 그럴 리는 없겠지만. 로랑은 그렇게 생각하며 또 다른 정보를 끌어내려고 했다.

"맞아."

하지만 아르보 공작은 여지를 끊어내듯 고개를 끄덕이며 로랑이 유도하려던 대화의 흐름을 초장부터 막아버렸다.

현시점에서 로랑에게 불필요한 정보를 주고 싶지 않다는 뜻도 있겠지만, 아르보 공작이 군인으로 대성한 인물인

만큼 문관 쪽 귀족들이 하는 성가신 문답을 꺼리기 때문이
기도 했다.

이렇게 돌아선 이상 계속 이야기를 끌고 가려 했다간 긁
어 부스럼이 되어 도리어 로랑에게 불리한 상황이 될 수도
있었다.

"그렇습니까……. 그렇다면 굳이 마다할 이유는 없지요."

현재 아르보 공작과의 관계성이 동등하지 않은 이상 로
랑에게 거절한다는 선택지는 없었다. 제반 사정도 회담에
동석하면 알 수 있을 것이었다. 구태여 캐물을 필요는 없
을 거라 판단한 로랑은 순순히 제안을 받아들였다.

"그럼 결정이군. 회담은 근일 중 열릴 걸세. 일정이 정해
지는 대로 영도로 사신을 보내지. **그럴 필요도 없겠지만**
예정은 비워두도록."

자신의 할 말을 모두 마쳤다는 듯 아르보 공작이 일어났
다. 왕도의 직책을 잃고 영지에 갇힌 신세인 로랑에게 비
아냥을 던지는 것도 잊지 않았다. 이 정도의 이야기를 위
해 영도에서 왕도로 굳이 불러낸 것만 보아도 괴롭힘이라
는 의도는 쉽게 알 수 있었다.

"그러지요. 차를 다 마시면 저도 돌아가 보겠습니다."

하지만 로랑은 별다른 분노도 내비치지 않고 테이블에
놓인 컵과 컵받침을 집어 들어 우아하게 입을 가져갔다.

"흥."

아르보 공작은 흥이 식었다는 얼굴로 콧방귀를 뀌고는

이내 나가버렸다.

'현재 아르보 공작이 가장 두려워하는 것은 자신의 파벌 이외의 사람이 왕도에서 영향력을 되찾는 것인데……'

방에 남겨진 로랑은 손에 든 컵을 받침 위에 올리고 생각에 잠겼다.

샤를의 결혼식에서 세리아가 납치된 일과 크리스티나가 왕성에서 탈주한 일로 아르보 공작의 입김이 약화된 건 사실이다.

한편 현재의 왕도에 아르보 공작에 대항할 만한 영향력을 가진 거물이 존재하지 않는다는 것 또한 분명한 사실이었다. 그런 사람들은 유그노 공작이나 로던 후작처럼 왕도에서 쫓겨나 레스토라시온으로 자리를 옮겼거나 로랑처럼 왕도에 남아 있어도 직책이나 실권을 빼앗겨 영향력을 잃었다.

아르보 공작의 위세가 기울어 가는 상황이었지만, 그에 대항할 세력이 왕도에 존재하지 않는 이상 아르보 공작의 지위는 건재할 것이다. 아르보 공작파에 합류한 귀족들의 상당수도 유그노 공작파의 실권으로 인해 그만한 재미를 보고 있으니 굳이 입지를 위태롭게 할 위험을 감수하면서까지 풍파를 일으킬 필요는 없었다.

'레스토라시온과 대등한 협상 자리에 앉았음에도 나를 동석시키려 한다. 그렇다는 건 아들을 인질로 잡혀서 초조해하고 있는 것이 분명해. 날 회담에 동석시킨다면 바라던

바다. 이 기회에 다양한 정세를 파악해 둬야겠어. 어쩌면 세리아와 만날 수 있을지도 모르겠군.'

마지막으로 세리아 생각이 나서일까.

로랑의 표정이 다소 부드러워졌다.

'세리아, 무사히 로다니아에 도착해서 다행이다만, 제대로 행복하게 지내고 있을는지. 행복하게…….'

하지만 동시에 찾아온 쓸쓸함으로 인해 곧바로 울적한 얼굴이 되고 말았다.

'……뭐, 크리스티나 왕녀에게 맡겨두면 아무 문제 없겠지. 그리고 그가 곁에 있어준다면 무슨 일이 있어도 지켜줄 테니.'

거기서 불쑥 크리스티나와 세리아를 로다니아까지 데려다준 리오도 생각났다. 결혼식에서 갑자기 세리아를 납치했을 땐 걱정으로 제정신이 아니었는데, 정작 뚜껑을 열어보니 더할 나위 없이 좋은 책략이었으니 고마울 따름이었다.

당사자인 세리아가 리오를 신뢰하고 있는 것도 이해할 수 있었다. 심지어는 세리아가 리오를 싫지 않게 생각하고 있는 것도…….

'음, 역시 세리아는 그 녀석을…….'

사랑하는 딸의 연심을 눈치챈 이상 응원해주고 싶고, 딸의 행복을 바라는 것은 거짓 없는 진심이지만, 아버지로서 느끼는 부모의 마음은 복잡했다.

'어쩌면 내 눈이 닿지 않는 곳에서……. 그건 용서 못해, 못 하지……. 제대로 내가 동석한 곳에서 식을 올린 뒤에……. 아니, 하지만 이런 상황에서 언제 식을 올릴 수 있을지……. 그렇다고 결혼도 않고 세리아에게 손을 대는 것은……. 아니, 결혼한 뒤에도 손을 대는 건……. 하지만 손자의 모습은 보고 싶은데. 음, 으으음…….'

로랑은 점점 부정적인 사고회로에 빠져들었다.

'어쨌든, 세리아를 울리는 짓을 하면 용서하지 않겠어.'

그저 단 하나 단언할 수 있는 것은 이것뿐이었다.

'만일 울리면 어떻게 하지? 적어도 우리 가문에 내려오는 비전마법 정도는 맛보게 해줘야…….'

어디까지가 진심인지를 떠나, 그는 세리아를 누구보다 걱정하고 있었다. 그런 사랑하는 딸 세리아에게 마의 손길이 다가오고 있다는 것을 이때의 로랑은 알지 못했다.

정령환상기

【 제 2 장 】 ❈ 기습

오피아가 정령의 주민 마을로 전이하기 조금 전.

가르아크 왕국 성내에 있는 리오의 저택에 찾아온 요인들이 있었다.

"그간 잘 지내셨나요? 크리스티나 님, 플로라 님."

벨트람 왕국의 첫 번째 공주와 두 번째 공주이자, 지금은 레스토라시온에 적을 두고 있는 크리스티나와 플로라였다.

"오랜만입니다, 세리아 선생님."

"다시 만나서 기뻐요!"

두 사람 모두 세리아와의 재회를 반겼다.

"저도 두 분을 다시 뵙게 되어서 너무 기뻐요. 오시느라 고생 많으셨어요."

"저야말로 갑작스러운 면회에 응해주셔서 감사합니다."

크리스티나가 가볍게 고개를 숙이며 세리아에게 감사를 전했다.

이곳에는 가르아크 왕국의 두 번째 공주인 샤를로트도 동석했는데, 하루토가 부재중인 지금 크리스티나와 플로라와의 관계성도 고려해 호스트역은 세리아가 맡고 있었다. 미하루나 라티파 일행은 왕후 귀족을 응대하는 스킬은 가지고 있지 않았기에 샤를로트를 제외하면 적임이었다.

방 바깥에는 샤를로트의 호위기사인 루이즈와 크리스티나 일행을 호위하는 바네사도 있었다.

　"공교롭게도 하루토는 지금 없는데……."

　"아마카와 경에게 감사를 전하고 싶은 마음도 있지만, 오늘은 세리아 선생님께 주된 용무가 있어 왔습니다."

　"제게요?"

　세리아가 의아한 얼굴로 고개를 갸우뚱했다.

　"네. 샤를로트 왕녀…… 아니, 가르아크 왕국에는 이미 전했지만, 조만간 저희 레스토라시온과 벨트람 왕국 본국 간 회담이 결정되었습니다."

　크리스티나가 샤를로트를 한 번 보고는 세리아에게 말했다.

　"그건……."

　"세리아 선생님의 결혼식도 그렇지만, 샤를과 알프레드가 저희 쪽 포로가 된 것도 그렇고, 제가 레스토라시온으로 이적하면서 아르보 공작에게 간과할 수 없는 불미스러운 일이 계속되고 있으니까요. 상당히 초조한 거겠죠. 그쪽에서 협상을 제안했습니다."

　"……반석이었던 아르보 공작가의 영향력이 희미해지고 있다는 뜻인가요?"

　"그렇게 보는 게 맞겠죠."

　현재 레스토라시온에는 당주와 그 배우자, 자제까지 포함해 천 명 이상의 벨트람 왕국 귀족이 적을 두고 있었지만, 아르보 공작파가 좌지우지하는 벨트람 왕국을 따르는 귀족들과 비교하면 압도적인 소수파에 불과했다. 귀족사회의 정치적 영향력은 기본적으로 계파의 규모와 인원으로 알 수 있었다.

덕분에 레스토라시온을 구성하는 유그노 공작파는 자신의 정당성을 인정받지 못한 채 왕도에서 설 자리를 잃고 몇 번이나 고배를 마셔야 했다.

하지만 귀족사회에서의 영향력은 운에 좌우되기도 한다. 파벌에서 벗어나기 힘들 정도로 깊게 녹아든 귀족은 파벌 중에서도 극히 일부에 불과했다. 파벌에 소속된 대부분의 귀족들은 상황에 따라 편리하게 갈아타며 안장을 바꾸기 마련이었다.

실제로 지난 분쟁으로 프로키시아 제국에 영토 일부를 빼앗긴 것을 계기로 유그노 공작파에 소속되어 있던 귀족들이 우르르 아르보 공작파로 흘러 들어갔다.

"그렇다면 이 기회를 놓칠 순 없겠네요."

반대로 말하면 아르보 공작파의 실태를 이용해 새어나간 귀족을 빼앗아 오는 것도 가능하다는 뜻이 된다.

왕도를 떠나 물리적인 접촉을 할 수 없는 지금 그렇게 쉽게 그들의 실책을 이용해 왕도에 있는 귀족을 포섭할 수는 없겠지만, 아르보 공작의 영향력이 약화하고 있는 것은 사실이었다. 그쪽에서 협상을 제의했다면 유리하게 처신할 수도 있을 것이다.

"협상 석상에서 무엇을 의제로 삼을지는 아직 내밀하게 조율하는 단계지만, 우선 저쪽은 샤를과 알프레드의 신병, 그리고 알프레드가 사용하던 마검을 돌려달라고 요구했습니다."

샤를은 아르보 공작의 대를 이을 아들이었고, 알프레드는 국내 최강의 기사였으며, 알프레드가 사용하던 마검은 『단죄의 광검』이라 불리는 국보였다.

"전부 다 강력한 협상 카드네요."

"맞아요. 모두 아마카와 경이 가져다 준 것이죠. 그 감사의 인사를 다시 한번 전하고 싶었는데…… 상황이 꽤 복잡한 것 같네요. 아마카와 경은 레이디 리제롯테를 구하러 가셨다 하고."

리제롯테와는 크리스티나와도 적잖이 친분이 있는 데다 간혹 편의를 봐준 적도 있는 상대였다. 걱정되는지 그녀의 표정이 어두워졌다.

"하루토 님이라면 반드시 리제롯테도 데려와 주실 겁니다."

샤를로트가 등을 쭉 펴며 의연하게 말했다.

"네."

세리아도 강하게 동참했다.

"그렇겠죠. 아마카와 경이라면…….'"

말을 되새기듯 고개를 끄덕이는 크리스티나. 리오의 힘과 다양한 능력은 루시우스와의 전투나 파라디아 왕국에서 귀환하는 와중 실제로 목격했다. 그렇기에 그라면 가능할 것이라고 믿을 수 있었다.

"맞아요. 하루토 님이라면 분명 괜찮아요!"

그것은 플로라도 마찬가지였다.

"언제 돌아올 진 알 수 없지만 하루토가 돌아오면 제가 이 소식을 전하겠습니다."

세리아가 분위기를 바꿔야겠다고 생각한 것인지 다소 어두워진 분위기를 불식시키기 위해 크리스티나에게 전했다.

"아니면 아마카와 경과 리제롯테가 돌아왔을 때 다시 찾아뵐게요. 당분간 가르아크 왕성에 머물게 되었거든요."

"어머, 그런가요?"

"네. 벨트람 왕국 본국과의 회담 장소가 가르아크 왕성으로 거의 확정되어서 그때까지 머물기로 했어요."

"그렇다면 하루토 님이 리제롯테를 데리고 돌아오셨을 때 이곳에서 자리를 다시 마련하는 것도 좋겠네요. 두 분도 초대할게요."

크리스티나와 세리아의 대화를 듣던 샤를로트가 제안했다.

"와, 재미있을 것 같아요. 꼭 불러주세요!"

"플로라."

플로라가 기쁜 얼굴로 덥석 받아들이자, 크리스티나가 어이없는 얼굴로 타국 귀족의 저택에 초대받는 것이니 조금은 삼가라는 뜻을 담아 주의를 주었다.

"아, 폐가 되지 않으신다면……."

경솔했다 생각했는지 플로라가 볼을 붉히며 말을 덧붙

였다.

"숙박 모임이든 식사 모임이든 결코 폐가 되는 일은 없으니 안심하세요."

그녀다운 모습이 보기 좋은지 세리아가 후후 웃으며 말했다.

"네. 여러분의 호의에 반쯤 이 집에 의탁한 몸인 제가 말할 처지는 아니지만, 꼭 와 주세요."

샤를로트 역시 장난기 어린 미소와 애교로 두 사람에게 권유했다.

사츠키에게 묻어가는 형태로 자연스레 리오의 저택에 들어오게 된 그녀는 국왕 프랑수아와의 연락이나 리오와 접점을 만들기 위해 접근하는 귀족들과의 성가신 교섭 역을 자청했다.

어떤 실행에 앞서 필요한 수배가 있으면 샤를로트가 신속하게 움직여 보이지 않는 곳에서 확실히 일을 처리해 주기도 했다. 리오 일행에게 이 저택의 동거하는 것을 허락할 만큼의 신뢰는 받은 셈이었다. 저택 안에 샤를로트의 개인실도 있을 정도였다.

"감사합니다. 그럼 폐를 끼치겠지만……."

크리스티나가 잘 부탁드린다며 가볍게 인사했다.

"결정이네요. 다들 좋아할 거예요. 미하루나 사라 일행 분들도 또 두 분과 만나고 싶다고 하셨거든요."

"이후에도 시간이 있으시다면 그분들도 여기로 모시면

되지 않을까요?"

샤를로트가 크리스티나와 플로라에게 권유했다. 세리아에게 공적으로 할 말이 있다고 해서 자리를 비웠지만, 미하루나 라티파 일행도 저택 안에 있었다. 오피아만 외출을 한 상태였지만 말을 전하면 바로 올 것이었다.

"저희도 모두에게 인사를 드리고 싶었어요. 다른 분들의 일정에 폐가 되지만 않는다면…… 세리아 선생님께 드릴 말씀도 금방 끝나니까요."

"제게 아직 하실 말씀이 있나요?"

"네, 아까 하던 이야기예요. 벨트람 왕국 사이에서 열리는 회담, 시간이 괜찮다면 세리아 선생님도 동석하시는 게 어떤가요?"

"저도…… 말인가요?"

눈을 동그랗게 뜨는 세리아.

"인질로 잡힌 샤를을 내주는 대신 선생님의 본가…… 크렐 백작가의 향후 처우에 관해 몇 가지 조건을 제시할 예정입니다."

"……그건, 왜죠?"

갑작스러운 이야기에 놀라움이 더 큰 것인지 세리아가 주저하며 물었다.

"벨트람 왕국에 공식적으로 밝히진 않았지만, 결혼식에서 납치된 세리아 선생님이 레스토라시온에 적을 뒀다는 건 그쪽도 눈치챘을 겁니다. 제가 왕도를 탈출하면서 크렐 백작님께 방조 혐의가 걸린 것도 사실이고요. 이쪽이 샤를의 신병을 확보한 지금이라면 저쪽도 크렐 백작가에 손을 댈 수는 없겠지만……."

상황이 바뀌면 크렐 백작가가 궁지에 몰릴 위험이 다분했다.

"어쨌든 일련의 분쟁들로 인해 크렐 백작가에 부조리가 미치고 있는 것은 분명합니다. 레스토라시온 상층부도 인정하고 있는 만큼 보전해야 할 당연한 조치라고 생각해 주세요."

그러니 신경 쓸 필요 없다는 듯 크리스티나가 강조했다.

"……저희 가문에 대한 각별한 배려, 대단히 송구합니다."

"아닙니다. 구체적으로 어떤 조건을 내걸지는 검토 중이지만……."

깊숙이 고개를 숙이는 세리아에게 크리스티나가 말을 이었다.

그때였다.

쿵 하는 굉음이 울리며 실내가 가볍게 진동했다.

"무슨 일일까요? 마법 훈련인가?"

세리아를 비롯한 실내의 모두가 불안한 얼굴로 창밖을 보았다. 그러는 동안에도 굉음은 간헐적으로 울렸다. 아무래도 소리의 발생원은 여기저기 흩어져 있는지 멀리서 울리는 소리도 있었다.

"아뇨, 성의 훈련장에서 울리는 소리치고는 너무 크네

요. 아마 성 안쪽, 그중엔 상당히 가까운 곳에서 울린 것도 있었어요."

샤를로트는 커튼 너머로 창밖을 내다보며 의연하게 상황을 파악했다.

"실례하겠습니다."

잠시 후 소리가 멈추더니 샤를로트의 경호 책임자인 루이즈와 크리스티나와 플로라의 경호 책임자인 바네사가 들어왔다. 두 사람 다 방 바깥에서 대기했으니 지금의 소리를 당연히 들었을 터였다. 두 사람 다 심각한 얼굴이었다.

"무슨 일인지 알아?"

샤를로트가 루이즈를 보며 물었다.

"아뇨. 이런 소리를 발생시키는 행사가 있다는 소리는 듣지 못했습니다. 생각할 수 있는 건 마법 훈련이지만, 그런 것치고는 소리가 너무 가깝습니다. 뭔가 검은 물체가 하늘에서 떨어져 내리는 것도 창문에서 보였습니다. 부하들이 상황을 살피러 갔으니 파악하는 대로 돌아올 겁니다."

"그래? 그럼 저택에서 대기하는 게 좋을까?"

"네. 저택에 있던 사람들을 모두 저택 밖에 배치했습니다. 혹시 모르니 세이프룸으로 이동해주시기 바랍니다."

세이프룸은 저택에 위험이 발생했을 때 요인들이 대피할 수 있도록 마련된 방이었다. 어느 정도 규모의 피난을 상정한 것인지는 개별 설계에 따라 다르지만 외부 침입이 어렵도록 만들어져 농성에 적합하다는 점은 비슷했다.

이 저택은 성 안에 지어진 데다 유사시에는 성안으로의 피난을 상정했기 때문에 설치된 세이프룸은 간이적인 것이었다.

"알았어. 그럼 우선 사츠키 님이나 미하루 님 일행분들과 합류하도록 하죠."

샤를로트를 즉각적으로 판단을 내렸다.

"실례할게, 샤를."

그러자 사츠키를 선두로 미하루, 라티파, 사라, 아르마가 세리아 일행이 있는 응접실로 제각각 들어왔다. 비일상적인 굉음을 듣고 심상치 않은 분위기를 감지한 것인지 저마다의 얼굴에 불안한 기색이 감돌았다. 혹시 모를 일에 대비해 사라와 아르마는 각자 자신의 무기를 들고 있었다.

"아까 있었던 큰 소리를 말하는 거죠?"

"응. 평소엔 들어본 적 없는 굉장한 소리라서 깜짝 놀랐어…….."

"저희 쪽에서도 무슨 일이 일어난 것인지 파악이 되지 않아 만일을 대비해 세이프룸으로 이동하기로 했습니다. 그 사이에 호위기사들이 상황을 살피러 갈 예정입니다. 동행해주시겠어요?"

"그렇구나……. 응, 알았어."

미하루와 얼굴을 마주 보고 고개를 끄덕이는 사츠키. 이 시점에서는 아직 위험이 발생했다고 확정된 것이 아니었기에 긴박감은 없었다.

"보, 보고! 보고 드립니다! 성 안에 마물처럼 보이는 무리가 낙하해 왔다고 합니다!"

"그게 무슨……."

하지만 샤를로트의 호위기사들이 황급히 달려오면서 긴장감이 일시에 고조되었다.

"……진정해. 마물처럼 보이는 무리라는 게 뭐지? 고블린과 오크는 아닌 건가?"

루이즈가 냉정하게 상황을 파악해 부하에게 물었다. 신마전쟁이 벌어졌던 천여 년 전에는 미노타우로스 같은 강력한 마물도 드문 존재는 아니었다고 하나, 현대에 와서 사람들이 볼 기회가 있는 마물은 거의가 고블린이나 오크였다.

고블린과 오크 이외의 마물을 목격한 예가 전혀 없는 것은 아니지만, 마물 토벌을 생업으로 삼는 모험자라도 조우하는 일은 많지 않았다. 고블린과 오크 이외의 마물은 목격조차 못 해보고 현역에서 물러나는 사람이 대부분일 정도였다.

"……멀리서 기사들과의 전투를 본 바로는 움직임이 고블린과 오크보다 훨씬 빠르고 본 적 없는 마물이었습니다. 인간과 유사한 모습을 하고 있었지만 얼굴은 흉포한 마물 그 자체였습니다. 피부색이 회색인 개체와 검은색인 개체가 있다는 것은 육안으로 직접 확인했습니다."

기사가 요점을 정리해 보고하자 미하루가 당황한 표정

을 지었다. 옆에 선 사츠키가 그 변화를 눈치챘다.

"그렇군. 마물의 수나 위치에 관한 정보는?"

"죄송합니다. 저택 귀환을 우선시했기에 거기까지는…….
다만 성 안 곳곳에 낙하한 것 같으니 아마 곳곳에서 전투가
벌어졌을 겁니다."

루이즈는 미하루의 반응을 눈치채지 못한 것 같았다.

"왜 그래, 미하루?"

부하의 대답이 마무리될 즈음 옆에 선 사츠키가 물었다.

실내의 이목이 미하루에게 집중되었다.

"아, 저기, 전에 이 세계에 떨어진 지 얼마 안 됐을 때의
일인데, 아망드 근처에서 의문의 마물에게 습격당한 적이
있어요. 그때는 하루토 씨와 아이가 마물을 물리쳐줬는데,
고블린도 오크도 아닌 수수께끼의 마물이라고 해서 혹시
그것과 같은 마물인가 하고…….."

"아망드에 마물이 밀려왔을 때도 섞여 있던 마물이지?
나도 같은 마물을 떠올렸어. 미노타우로스만큼은 아니지
만 움직임이 꽤 빠르고 강한 마물이었던 것 같아. 신체 능
력을 강화한 기사들이 아니면 이길 수 없을 정도로……."

세리아는 그때를 회상하며 어두운 표정을 지었다.

"저도 그때 같이 봤어요."

당시 아망드에 있었으며 루시우스에게 납치당할 뻔했던
플로라의 목격 증언도 이어졌다.

"그렇군요. 단정할 수는 없겠지만 동일 마물일 가능성은

높아 보이는군요. 다행히 기사들이 요격에 임하긴 했지만 놓친 개체가 저택으로 몰려올지도 모릅니다. 주변의 수비를 강화할 테니 공주님과 일행분들은 당장 세이프룸으로 가주십시오."

"알았어. 그럼 크리스티나 님은 플로라 님을, 사츠키 님은 미하루 일행분들을 부탁해요."

루이즈의 재촉을 받은 샤를로트가 일동과 피난을 개시했다.

"저와 아르마는 저택 밖에서 방위에 협력하겠습니다."

그런데 사라가 밖으로 나가 저택 방위에 참여하겠다고 제의했다.

"아뇨, 하지만……."

현재 이 저택에서 가장 강한 것이 두 사람이긴 했지만, 루이즈는 망설였다. 평소 대련을 통해 사라와 아르마의 실력은 잘 알고 있었지만 루이즈 입장에서는 두 사람 다 경호 대상이었다.

"저와 아르마의 역할은 하루토 씨가 부재중일 때 미하루 일행을 지키는 일입니다. 경호 대상에 포함시킬 필요는 없습니다. 실내에서 정보가 차단된 상태로 있는 것보다는 밖에서 상황을 파악할 수 있는 쪽이 더 움직이기도 편하고요."

"뭐, 그런 거죠. 저와 사라 언니에 대한 걱정은 안 해도 돼요."

사라와 아르마는 실전에 익숙한 모습으로 말했다.

"……."

그 모습을 본 사츠키가 무언가 말하려다 말을 삼켰다. 자신도 함께 저택을 지키겠다는 말이 목구멍까지 올라왔지만, 용사라는 자신의 입장을 이해하고 있었기에 실전 경험이 부족한 상태로 따라가서 발목을 잡진 않을지 불안했다.

"……그럼 염치 불구하고 부탁드려야겠네요. 지금 이 저택에 있는 인원만으로는 수가 부족할 테고, 여기서 가장 강한 것은 마검을 장비한 두 분일 테니까요."

사츠키가 입을 움직이려는 것을 눈치챈 샤를로트는 굳이 사츠키를 쳐다보지 않고 루이즈의 등을 떠밀었다.

"알겠습니다. 그럼 감사히 도움을 받겠습니다."

루이즈가 사라와 아르마에게 머리를 숙였다.

"스즈네, 당신은 사츠키 씨와 함께 미하루네 곁에 있어줘요. 만일의 경우 당신이 미하루와 세리아 씨를 보호해야하니까요."

"……응! 맡겨줘!"

사라에게 불린 라티파가 힘차게 고개를 끄덕였다.

"저기, 나도 두 사람을 따라갈게."

거기서 세리아가 저택의 방위에 가담하겠다며 나섰다.

"네?"

일동이 의외라는 듯한 눈길을 보냈다.

"토벌한 마물은 마석을 남기고 소멸했으니 아망드에 나타난 마물과 동일한 존재인지 확인할 수 있는 사람도 있는 편이 좋을 거예요. 어쩌면 치유가 필요한 일이 생길지도 모르고, 뒤에서 마법으로 서포트할 수도 있습니다. 사라와 아르마와 함께 실전을 가정한 연계 훈련도 한 적 있고요."

세리아는 사라와 아르마를 설득하는 것이 아닌, 크리스티나와 샤를로트에게 조리 있게 설명하기를 택했다.

"……확실히 마물에 대한 정보를 얻는 건 좋은 일이고, 세리아 님 정도의 마도사가 후방을 맡아 주신다면 큰 도움이 되겠지만…… 무리하게 나가실 상황도 아닌 것 같은데요."

고민한다기보단 진의를 확인하듯 샤를로트가 세리아를 바라보았다. 군직에 없는 귀족이라도 전투 훈련을 받은 경험이 있었고, 일반적으로 최소한의 전투수단을 갖추고 있었다.

그래서 유사시 전선에 가담하는 것도 드문 일은 아니었다. 오히려 귀족으로서의 책무로 간주되기도 했다. 그러나 이는 때와 장소에 따라 달라지는 법.

혹은 놓친 마물과 전투가 발생할 수 있는 정도의 위험성밖에 없는 상황이다 보니 백작 영애인 세리아는 경호를 받는 쪽에서 안전하게 있는 편이 무난하다 생각했을지도 모른다.

"하루토가 없는 지금이기에, 제가 할 수 있는 일을 하고 싶다고 생각했어요."

세리아는 차분하게, 하지만 막힘없이 대답했다. 그 표정에서는 자신도 싸울 수 있다는, 보호받기만 하는 존재가

Little Red
Riding Hood

아니라 만일의 상황엔 하루토가 의지할 수 있는 존재가 되고 싶다는 의지가 엿보였다.

"세리아 씨의 마법 실력은 잘 알고 있으니 도움을 받을 수 있다면 저로서도 든든합니다."

사라가 그녀를 보증하듯 나섰다.

"그렇군요……. 그렇다면 더 말리는 것도 의미가 없겠죠."

샤를로트는 약간의 부러움을 담은 목소리로 수긍하고는 크리스티나를 힐끗 바라보았다. 비록 리오의 보좌역이지만 세리아는 레스토라시온에 소속된 귀족이다. 크리스티나가 어떻게 판단할지도 확인해두고 싶었다.

"……선생님의 뜻에 맡기겠습니다."

크리스티나가 고개를 끄덕였다.

"고마워요. 그렇게 됐으니 잘 부탁해. 사라, 아르마."

"네."

사라도 아르마도 전사였다. 평소에 친밀한 관계였던 세리아의 의지를 제대로 이해했다는 듯 고개를 끄덕이며 대답했다.

그 옆에서는 루이즈가 바네사 일행과 협의를 마친 것 같았다.

"바네사 공에겐 공주님들과 함께 세이프룸의 경호를 부탁하지."

"알았다."

"그럼 여러분은 이쪽 문으로 연결되는 세이프룸으로 이

동해주십시오. 만일을 위해 이 응접실에 기사 몇 명을 배치해 두겠습니다."

미리 협의한 대로 루이즈가 출입구와는 다른 쪽의 문을 가리켰다. 저택에는 세 개의 세이프룸이 있었는데, 그중 하나는 손님이 와 있을 때 원활하게 대피할 수 있도록 응접실과 연결되어 있었다.

이렇게 해서 세이프룸으로 피난하는 자들과 바깥 경계에 나서는 자들로 나뉘어 행동을 개시하게 되었다.

비슷한 시간, 한 사내가 왕도의 아득한 상공에 부유한 채 발치의 왕성과 그 터를 내려다보고 있었다.

이 인물이야말로 성안에 마물을 던진 장본인이었다. 그 정체는 바로 레이스. 바로 수십 분 전만 해도 아득하게 떨어진 곳에서 리오와 성녀 에리카의 격투를 관전하다가 일회용 전이결정을 이용해 가르아크 왕성으로 순식간에 이동했다.

현재 성안에서는 국가를 섬기는 비전투원들이 우왕좌왕하고 있었고, 곳곳에서 기사와 레버넌트들이 전투를 벌이고 있었다.

'귀중한 봉마구와 레버넌트들을 대량 투입하기 전의 초동. 이걸로 목표한 그들이 나와준다면 더할 나위 없겠지

만……. 으음?'

레이스가 슥 눈을 좁혔다. 부감하던 시선이 한 점에 고정되었다. 그 한참 앞에는 리오가 프랑수아에게 하사받은 저택이 있었고 때마침 현관에서 나온 세리아, 사라, 아르마 일행의 모습이 시야에 비쳤다.

'성내에 틀어박혀 있었으면 좀 곤란할 뻔했는데 순조롭게 흘러가는군요. 밖으로 나온 저 소녀들은 방심할 수 없으니 이번에는 아낄 필요가 없겠죠.'

레이스가 떠 있는 상공 아래로 칠흑의 그림자가 펼쳐지며 푸른 하늘이 서서히 침식되었다. 거기서 지름 수 미터에 달하는 시커먼 구체 5개가 나타났다.

구체는 5개 모두 리오의 저택 부근을 향해 운석처럼 낙하했다. 낙하로 인해 연달아 굉음을 울리며 리오의 저택을 흔들었다.

'이것으로 가진 레버넌트는 다 썼습니다. 그렇다 해도 그녀들 상대로는 그리 오래 버티지 못할 수도 있어요. 서둘러 그들에게 와달라고 해야겠군요.'

그 모습을 확인한 레이스는 냉소하며 새로운 전이결정을 품에서 꺼내들었다. 그리고는 한층 더 상공에 펼쳐진 구름 위로 올라가 버렸다.

저택을 나온 후, 사라는 사뿐한 걸음걸이로 건물 외벽을 따라 전경이 잘 보이는 지붕 위로 이동했다. 그리고 눈을 크게 뜨고 일대를 내려다보며 저택으로 다가가는 마물의 모습이 없는지 확인했다.

"아직까지 다가오는 마물은 없는 것 같습니다. 싸우는 사람은 곳곳에 있는 것 같지만⋯⋯."

그리고는 지상으로 내려와 루이즈를 비롯한 호위기사들과 세리아, 아르마에게 보고했다.

"고맙다. 우리 편을 도우러 가고 싶지만 자리를 떠날 수가 없군. 우리는 저택 경호를 우선시하자."

마물이 다가올 우려가 제로가 아닌 이상 경호 대상이 있는 저택의 수비를 허술히 할 수는 없었다. 지금 이러는 동안에도 싸우는 아군을 지켜보기만 하는 것은 괴로웠으나 전술적으로는 타당한 판단이었다.

경호 대상인 미하루 일행을 왕성까지 데려간다는 선택지도 있었다. 하지만 이동 중 닥칠 위험을 고려하면 비전투원을 많이 거느리고 섣불리 움직이는 것도 상책은 아니었다.

"저는 지붕 위에서 경계를 계속하겠습니다."

"저도 도와드릴게요."

그렇게 말하고는 사라와 아르마가 지붕 위로 올라갔다. 레이스가 방출한 검은 구체가 저택 근처로 떨어진 것은 이때였다.

굉음과 함께 충격파의 여파로 흙먼지가 휘몰아쳤다.

"이게 무슨……?!"

어두워진 시야 속에서 사라 일행은 말을 잃었다. 떨어진 구체에서 표면을 덮은 어두운 암흑이 걸쭉하게 녹아내렸다. 떨어진 구체는 5개. 저택과의 거리는 불과 100미터도 되지 않았다. 그 하나의 구체마다 12마리의 레버넌트가 튀어나왔다.

"크아아!"

총 60마리의 레버넌트들이 저택 앞에 선 사라 일행을 향해 기세 좋게 돌진했다. 방위를 맡은 사라와 루이즈 쪽의 인원은 10명.

"윽, 저와 아르마가 선두로 가겠습니다!"

"다른 분들은 후위인 세리아 씨의 보호와 놓친 적이 저택에 침입하는 것을 막아주세요!"

그 와중에 가장 먼저 요격을 개시한 것은 사라와 아르마였다.

"《듀오 매지션 · 그레이터 어스 월》."

세리아가 주문을 외우며 두 손을 땅에 가져갔다.

그로부터 2초도 지나지 않아 사라 일행과 레버넌트들 사이로 두께 1미터, 폭 5미터, 높이 10미터 정도의 거대한 흙벽 두 장이 급속히 융기했다.

장애물을 설치한 목적은 레버넌트들의 접근을 막기 위함이 아니었다. 다수에 열세인 상황에서 정면충돌해 수적으로 밀리는 것을 피하기 위함이었다.

　세리아가 펼친 벽과 벽 사이에는 1미터의 틈이 있었다. 결과적으로 레버넌트들은 이 가운데의 틈새를 통과할 것인지, 좌우로 우회할 것인지, 높은 벽을 기어오를 것인지를 선택해야 했다.

　적의 침공 루트가 한정된다는 것은 화력을 집중해야 할 장소도 한정된다는 뜻이었다. 한 번에 대처 가능한 적의 수를 좁힐 수 있다는 것은 큰 장점이었다.

　"사라, 아르마!"

　세리아가 두 사람의 이름을 외쳤다.

　"세리아 씨는 가운데를 맡아 주세요! 아르마는 오른쪽!"

　"알았어!"

　사라와 아르마는 세리아가 흙벽을 설치한 의도를 순식간에 알아차리고 좌우로 움직였다. 레버넌트들은 벽을 기어오르는 선택지를 빼고 중앙의 틈새와 좌우 세 곳으로 쳐들어오기로 한 것 같았다.

　"《트리오 매지션 · 파이어 볼》." "하아앗!" "흐읍!"

　중앙과 좌우로 몰려드는 레버넌트들에게 세리아, 사라, 아르마가 각각 강력한 일격을 가했다.

　"그아악!"

　세리아 앞으로 세 개의 마술식이 담긴 마법진이 떠올랐다. 그중 하나에서 쏘아진 직경 1미터 남짓한 화구가 중앙에서 모습을 드러낸 레버넌트 몇 마리를 한꺼번에 날려버렸다. 나머지 두 마법진은 전개한 채 대기 상태.

사라의 단검에서 튀어나온 얼음 창은 뒤에 있는 개체들을 동시에 관통했고, 아르마가 휘두른 메이스는 여러 개체를 한꺼번에 날려버렸다.

"아망드에서 봤던 것과 같은 마물이야! 피부가 단단하고 생명력도 꽤 질긴 것 같으니까 조심해! 검은 개체는 회색보다 움직임이 더 빨랐어!"

세리아가 레버넌트들의 특징을 설명하며 사라 일행의 주위를 환기했다. 그 말대로라고 할지, 혹은 불에 다소의 내성이 있는 것인지 화구에 직격한 선두 몇 마리는 피부가 열에 녹으면서도 둔한 움직임으로 일어서려 하고 있었다.

아르마가 공격한 개체 역시 선두의 한 마리는 절명했지만, 뒤에 있던 개체는 일어나려 하고 있었다. 사라가 쏜 얼음 창에 복부를 꿰뚫린 레버넌트들도 이 정도로는 숨이 끊어지지 않는지 창을 뽑기 위해 몸부림치고 있었다.

"그런 것 같습니다!"

사라는 단검으로 길고 날카롭게 뻗은 냉기의 칼날을 휘감아 얼음 창에 찔린 레버넌트들의 목을 한꺼번에 베어버렸다. 그렇게 목이 잘려 절명한 개체들은 마석을 남기고 소멸했다.

"성가시긴!"

아르마는 날아간 개체를 밀어내고 돌진해 오는 새로운 레버넌트를 향해 메이스를 휘둘렀다. 아르마의 메이스는 몸통에 직격하기만 하면 일격에 절명하는 것인지 날아간 개체는 가루가 되어 사라졌다.

세리아도 다중 전개해 대기시켜 둔 마법진으로 두 번째, 세 번째 화구를 날려 휘말린 레버넌트들의 숨통을 간신히 끊어놓았다.

"……."

한편 갑작스러운 기습에도 의연한 세리아 일행의 안정된 연계를 보며 루이즈를 비롯한 기사들은 반쯤 넋이 나가 있었다. 서로의 전투 스타일과 패를 파악하고 평소에도 연계 훈련을 제대로 하지 않는 이상 이렇게 안정감 있게 처신할 수는 없으리라. 실로 훌륭했다.

그중에서도 최초로 흙벽을 만들어내 레버넌트들의 행동을 조종한 세리아의 선공은 실로 훌륭했다. 중급마법을 엄청난 속도로, 심지어 다중으로 발동시키는 마법의 기량은 물론이고 적의 움직임을 지켜본 후 지극히 효과적인 전술을 냉정하게 선택한 순간 판단력에는 혀를 내두를 정도였다.

"세리아 님이 쏘는 마법을 방해하지 않도록 방비를 단단히 해라! 저택에 침입하려는 마물도 놓치지 마!"

루이즈 역시 진심으로 감탄한 시선으로 세리아를 바라보았지만, 빠르게 정신을 가다듬고 부하들에게 지시를 날렸다. 쓰러뜨린 것은 아직 겨우 예닐곱 마리에 불과했다. 레버넌트들은 지금도 잇달아 밀어닥치고 있었다.

"《섹스트리겟 매지션 · 아이스랜스》."

세리아는 사라가 얼음 창을 쓰는 것에 영감을 받은 것인지 이번에는 물의 창을 쏘는 마법을 동시에 36개나 머리 위로 펼쳤다. 한 개에 찔린 정도로는 절명하지 않는다는 것을 알았으니 쪽수로 밀어붙일 심산이었다.

집단전투에서 마도사의 역할은 접근하는 적에게 화력을 집중해 수를 크게 줄이는 것이었다. 그것을 구현한 것이지만, 하급 공격마법이라고 해도 36개의 술식을 동시에 전개하는 것은 궁정 마도사라도 쉽게 할 수 없는 재주였다. 그것을 실전에서 가볍게 사용하는 광경을 본 주위의 여기사들이 크게 놀랐다.

세리아는 그런 반응에 개의치 않고 머리 위에 펼쳐진 마법진을 통해 얼음 창을 아낌없이 연속으로 사출하고 있었다. 그 공격으로 벽과 벽 틈새로 계속 튀어나오던 레버넌트들이 밀려났다.

'진정해. 잘 관찰하는 거야……. 후위 마도사의 역할은 시야를 넓게 잡고 적의 움직임을 관찰하며 계속 선공을 잡는 것.'

세리아는 심호흡을 하며 침착하려 애쓰고 있었다. 당연하지만 긴장하지 않은 것이 아니었다. 오히려 꽤 긴장된 상태였고 무섭기까지 했다.

하지만 세리아는 전투에서 긴장한 나머지 발목을 잡게 되는 상황이 얼마나 분한지 잘 알고 있었다. 떠오르는 것은 세리아가 레스토라시온에 소속되기 직전의 일.

크리스티나를 로다니아로 호송하는 여행에서 발생한 수많은 전투에서 세리아는 동행자인 리오, 사라, 아르마, 오피아에게 의지만 했다. 마도사로서 싸울 수 있는 기술을 갖고 있었음에도 생각만큼 실전에서 움직일 수 없다는 것을 절감했다.

그래서 세리아는 레스토라시온으로 이적한 후 실전에서 마법을 다루는 방법에 대해 본격적으로 배우기 시작했다. 그리고 사라나 고우키 일행의 협력을 받아 연계 훈련도 정기적으로 실시했다. 그 성과가 지금 이렇게 실전에서 꽃을 피우고 있는 것이다.

"……아마카와 경 주위에 있는 인물들은 하나같이 터무니없군."

루이즈가 반쯤 질렸다는 얼굴로 중얼거렸다. 마법의 화려함으로 인해 가장 먼저 눈에 들어오는 것은 세리아였지만, 사라와 아르마의 활약도 눈부셨다.

사라는 속도와 양으로 승부했다. 실로 민첩하고 교묘한 동작으로 레버넌트들을 농락했다. 냉기의 칼날을 걸친 양손의 단검을 눈에 띄지도 않는 속도로 휘두르며 단단한 레버넌트의 몸을 댕강댕강 자르고 있었다.

반면 근력으로 승부하는 쪽이 아르마. 신체 강화의 산물이라는 것은 이해하지만 왜소한 체구의 어디에 그런 힘이 깃들어 있는지, 무게감 넘치는 메이스를 나뭇가지처럼 휘두르며 한방 한방에 확실하게 레버넌트들을 절명시키고 있었다.

전투 스타일은 다르지만 사라도 아르마도 실로 안정된 움직임이었다. 벽의 좌우로 우회해 오는 레버넌트들을 보기 좋게 막아내고 있었다.

아직 3분의 1도 쓰러뜨리지 못했지만 이 추세라면 불과 몇 분 안에 섬멸은 끝날 것이다. 싸우고 있는 세리아 일행역시 그런 생각이 들기 시작했다.

저택 바로 밖에서 전투가 시작되었다는 것은 세이프룸으로 피난한 미하루나 크리스티나 일행에게도 전해졌다.

다섯 평 정도의 실내에는 응접실과 연결되는 문 이외엔침입 경로가 될 만한 창문조차 존재하지 않았다. 그런 방안에 미하루, 사츠키, 라티파, 크리스티나, 플로라, 샤를로트 총 6명이 있었고, 응접실로 통하는 통로엔 바네사가, 응접실에는 호위로 남은 샤를로트의 호위기사 2명이 대기하고 있었다.

거친 전투음이 들리기 시작하면서 저마다 말수가 줄어들었다. 세리아가 쏘아대는 마법 소리와 레버넌트의 고함소리가 저택 벽을 통해 실내에 울려 퍼졌다. 목숨을 건 전쟁을 벌이고 있다는 것이 뼈저리게 전해졌다.

'……지금 밖에서는 모두가 싸우고 있어.'

실전의 공기와 긴장감을 느낀 것인지 사츠키는 진지한 얼굴로 입을 다물었다. 그녀는 밖에서 싸우고 있는 사람들에 대해 생각했다.

'나는 안전한 방 안으로 피난했어. 용사인데도…….'

그리고 자신에 대해 생각했다.

사라와 아르마는 자신보다도 어린 여자아이다. 세리아는 연상이지만 연하의 소녀처럼 연약한 여성이었다. 그런 이들이 밖에서 싸우고 있는데 용사인 자신은 세이프룸으로 피난했다.

'이래도 되는 걸까? 나는……, 나도 싸워야 하는 거 아닌가? 사라도, 아르마도, 세리아도 소중한 친구인데……. 루이즈 씨네와도 친해졌는데…….'

사츠키는 지금, 조금 전 사라 일행이 저택 밖을 살피러 나갔을 때 자신도 함께 나가겠다고 말하지 못한 것을 후회하고 있었다.

그 시점에서는 실제로 저택으로 마물이 밀려올 줄은 몰랐기에 미하루 곁에 있는 것이 옳다고 판단했지만, 사실은 무서웠는지도 모른다.

이 세계에 온 후로는 창으로 단련하거나, 최근에는 사라 일행과 대련을 하기도 했지만, 서로 죽이는 것을 상정한 대련은 아니었다. 어디까지나 스포츠의 연장선상으로 승부했다.

혹은 살해를 의식할 필요가 없었던 안전한 성 안에 있었기에 언젠가 싸울 때가 올지도 모른다는 것을 알면서도 진정한 싸움의 의미에서 눈을 돌리고 막연하게 단련해왔다고 하는 편이 더 정확할지도 모른다.

하지만 지금 사츠키는 명확하게 생사를 다투는 상황임을 의식했다. 자신도 싸우는 것이 좋지 않을까 생각했다.

'바로 곁에서 소중한 친구가 싸우고 있는데 난 용사이고 싸울 힘이 있으면서도 안전한 곳에 숨어 있어. 이래서는 싸움이 끝난 후에 밖에 있는 모두를 볼 면목이 없어……. 용사라고 할 자격도 없어.'

그녀가 이렇게 생각하는 이유는 친한 친구들이 바로 옆에서 생사를 다투고 있는 상황을 싫어도 의식할 수밖에 없었기 때문이었다. 단적으로 말하면 실전의 공기를 체감하고 나서야 깨달은 것에 가까웠다.

이렇게 가까이서 생사를 다투는 상황을 겪은 것은 미하루와 재회한 그 날 밤, 연회에 침입한 적들을 리오가 물리친 이후로 처음이었다. 그때는 리오의 활약으로 거의 1분 만에 도둑이 진압되어서 불쾌함은 남았어도 이렇게까지 실전의 분위기에 압도당해 궁지에 몰리지는 않았다.

여전히 밖에서는 전투음이 울려 퍼지고 있었다. 그러니……!

"……괜찮아요, 사츠키 씨?"

그렇게 생각한 순간, 사츠키의 안색을 눈치챈 미하루가 걱정스럽게 물어왔다.

"미하루, 저기……."

사츠키는 결심을 굳힌 얼굴로 입을 열려고 했다.

"지금이라도 밖에 나가서 자기도 같이 싸우겠다고 말할 것 같은 표정이네요."

선수를 친 샤를로트가 사츠키의 심정을 알아맞혔다. 그녀는 사츠키를 밖으로 보내는 것에 반대하는 것인지, 이를 어쩌나 하는 얼굴로 고민스럽게 한숨을 내쉬었다. 밖에서 전투음이 들리지 않게 된 것은 그 직후였다.

"알아낸 것은 있나?"

프랑수아는 왕성 공중정원에 임시 지휘소를 두고 있었다. 성안에 많은 마물들이 침입한 현 상황에서 왕성 부지를 한눈에 조망할 수 있는 옥상의 정원은 지휘소를 세우는 데 최적의 장소였다.

평소였다면 왕족과 초대받은 사람 이외엔 출입할 수 없는 곳이지만, 지금은 수많은 전투원이 드나들었다. 정원 상공으로는 그리핀을 탄 공전기사들을 비행시켜 하늘 쪽의 경계도 강화했다.

"내려선 마물은 한 종류뿐. 모든 개체들이 신체적 능력을 강화한 기사들도 벅찰 만큼 강합니다."

"어림잡아도 수백 마리의 마물이 침입한 것 같습니다."

"대부분 영지 내에서 기사들과 교전 중이나 일부는 성 안에도 들어갔다고 합니다. 확인된 개체는 모두 죽였지만 만약을 위해 성안에도 탐색 인원을 배치했습니다."

기사 몇으로 수비를 굳힌 프랑수아에게 상황을 보고하기 위해 기사들이 바쁘게 오고 있었다.

프랑수아는 음, 하고 고개를 끄덕이고는 필요한 지시를 내렸다. 그때 검은 구체 5개가 성 안, 리오의 저택 옆으로 낙하하며 화려한 소리를 냈다.

"지금 소리는 뭐지?! 설마?!"

마물이 더 늘어난 것인가?! 프랑수아가 소리가 발생한 방향을 서둘러 돌아보았으나 공교롭게도 지금 서 있는 장소에서는 리오의 저택 부근을 육안으로 확인할 수 없었다.

"보, 보고입니다! 아마카와 경의 저택 근처에 엄청난 양의 마물이 쏟아졌습니다!"

상공을 선회하던 그리핀이 빠르게 강하해 오더니 올라타 있던 공전기사가 황급히 보고했다.

"뭐라고? 안 되지. 대기 공전기사 두 소대를 즉시 보내라. 가능하다면 공중에서도 공격 지원을 병행하여 저택에 있는 요인들을 호위하도록! 자세한 내용은 현장에 있을 샤를로트의 지시를 따르라!"

프랑수아는 예비전력으로 공중정원 한구석에 대기하고 있던 공전기사들에게 시선을 보내며 다급히 지시를 내렸다.

공전기사 한 소대의 인원은 4명이었으므로 두 소대면 총

8명이었다.

현재 옥상정원에는 40여 명의 공전기사가 예비전력으로 대기하고 있는 상황이었다. 그중 4분의 1 가까운 인력이 움직이게 된 것이다.

"네!"

보고를 마친 공전기사는 고삐를 당겨 그리핀을 움직여 공전기사들에게 지시를 내리러 갔다.

'……대체 무슨 일이 벌어진 건가?'

프랑수아는 매서운 눈초리로 머리 위를 노려보았다. 그곳에는 구름이 떠오른 푸른 하늘이 펼쳐져 있었다. 그밖에 눈에 보이는 것은 그리핀에 올라탄 공전기사들의 모습뿐이었다.

조금 전부터 공전기사에게 상공 탐색도 실시하도록 했다. 일상생활에서 사람이 흔히 보는 새는 대략 10여 미터에서 수십 미터를 나는데 공전기사가 사역하는 그리핀 역시 그 정도의 높이를 유지하며 나는 경우가 많았다.

그리핀이 자력으로 하늘을 날 경우, 한계까지 올라가면 일시적으로 200미터 정도의 위치까지는 상승이 가능하다. 이는 현대 지구의 빌딩으로 비유하자면 60층 정도의 높이로, 당연하게도 탐색을 맡은 공전기사들은 그 정도의 높이까지는 탐색하고 있었다. 하지만 아직까지 이렇다 할 보고는 올라오지 않는 상태였다.

현시점에서 알아낸 것은 마물들이 어떤 구체에 갇힌 상

태로 낙하해 왔다는 것뿐이었다.

'아망드에 출현했던 마물의 움직임 역시 상당히 묘했다고 들었지만, 마물이 이런 습격을 한다는 것은 들어본 적도 없다. 마물이 갇혀 있던 검은 구체가 무슨 마도구인 건가?'

그렇다면 이는 인위적인 습격이었다. 다시 말해 어떠한 달성 목적이 확실하게 있었기에 성내에 검은 구체를 쏘았다는 것이다.

'육안으로는 알아볼 수 없을 만큼 훨씬 높은 위치, 혹은 구름 속에라도 숨은 것인가. 그도 아니면 밖에서 마도구를 쏘아 성안으로 낙하시킨 것인가……. 어쨌든 아무런 증거가 없다는 것이 한탄스럽군.'

거기까지 생각이 미친 프랑수아는 미간을 찡그렸다.

"따라와라."

본인의 눈으로 직접 리오의 저택 부근을 확인하고 싶었으리라. 프랑수아는 호위기사들을 거느리고 저택이 내려다보이는 위치로 빠르게 걸음을 옮기기 시작했다.

그로부터 2, 3분 후.

리오의 저택 근처.

"하아아앗!"

사라가 땅에서 얼음 창을 생성해 레버넌트들을 견제했

다. 그리고는 눈에 띄지 않는 빠른 속도로 상대에게 다가가 걸어차거나 손에 든 단검을 휘둘러 목을 베어냈다.

"흡! 하잇!"

그리고 작은 몸집의 외형으로는 상상할 수 없는 괴력으로 유유히 메이스를 휘둘러 적을 날려 보내는 아르마. 깡충깡충하는 소리가 들릴 것만 같은 경쾌한 몸놀림으로 다가오는 레버넌트들을 능숙하게 처리하고 있었다.

한편 세리아는 공중에 다중으로 전개한 마법진에서 물의 창을 꺼내 장애물로 세워둔 흙벽 틈새로 튀어나오는 적을 섬멸했다.

초반에는 60마리나 되던 레버넌트들이 이미 10마리 아래로 줄어 있었다. 세리아가 최초로 쌓아 올린 지형 조건을 훌륭하게 활용한 성과였다.

"그아아악!"

레버넌트들의 눈동자는 이성이라고는 찾아볼 수 없을 만큼 희번득한 빛을 발하고 있었다. 생각대로 공격이 먹히지 않아서인지 분노가 가득 담긴 고함을 질러댔다.

하지만 아무리 혈기왕성하게 외친다 한들 수가 줄어드는 사실은 달라지지 않았다. 레버넌트들의 기세는 눈에 띄게 약해져 갔다.

"슬슬 끝이 보이는 것 같습니다!"

"이쪽은 지금 보이는 개체가 마지막인 것 같아요!"

"중앙도 벽 너머로 더는 마물의 모습이 보이지 않아!"

좌우에서 튀어나오던 레버넌트가 사라지고 사라와 아르마, 세리아가 차례로 정보를 교환했다. 그 후의 흐름은 실로 매끄러웠다. 가장 먼저 세리아가 섬멸을 마치고 사라와 아르마도 조금 늦게 마지막 레버넌트를 처리했다.

　"……더는 마물은 없는 것 같네요."

　사라가 흙벽 너머를 들여다보며 보고했다. 그 후 아르마와 함께 세리아가 있는 쪽으로 다가왔다.

　"설마 그렇게 많은 마물을 이렇게 빨리 섬멸하다니, 세 분 모두 정말 훌륭하셨습니다. 이쪽은 보고만 있어서 면목 없습니다만……."

　루이즈가 전투를 마친 세 사람을 칭찬하며 고개를 숙였다.

　"아뇨, 뒤쪽의 수비를 견고히 해주셔서 안심하고 싸울 수 있었습니다."

　사라가 웃는 얼굴로 대답했다.

　"저도 마음 놓고 마법을 쓸 수 있었어요. 아, 저기, 아르마."

　"네, 뭔가요?"

　문득 생각났다는 듯 말을 거는 세리아를 보며 아르마가 고개를 갸우뚱했다.

　"이 흙벽, **네 메이스로** 원래대로 돌릴 수 있을까?"

　적의 접근을 막는 데 필요했다지만, 이대로 놔두면 좋지 않을 거라 생각한 것 같았다. 세리아가 조금 전까지 레버넌트들이 있었던 방향을 바라보았다. 그곳에는 전투 초반 세리아가 설치한 커다란 흙벽이 있었고 그 너머로 성의 건물이 우뚝 솟아 있었다.

대량의 마력을 사용해 튼튼하게 만든 이 벽은 발동한 지 시간이 오래되어 파괴하는 것 외에 철거할 방법이 없었다. 하지만 정령술이라면 지면을 조종해 자유롭게 없앨 수 있을 것이었다.

세리아가 굳이 메이스를 언급한 이유는 루이즈 일행에겐 정령술에 대해 알리지 않았기 때문이었다. 아르마의 메이스는 이른바 강력한 마검의 일종이고 그 능력으로 땅을 조종할 수 있다고만 전해두었다.

"네, 가능해요. 놔두면 보기에도 좋지 않을 테니 지금 바로 되돌리죠."

"고마워. 수고를 끼쳐서 미안해."

"아니에요. 이 흙벽 덕분에 싸움이 훨씬 수월했는걸요. 그럼 바로……."

아르마가 흙벽으로 다가갔다.

"아직 다른 곳에서는 전투가 계속되고 있으니 방심할 수 없습니다. 저는 지붕 위에서 주변을 살피고 오겠습니다."

"응, 부탁해."

사라가 사뿐한 움직임으로 건물 위로 올라갔다.

기습하기 가장 쉬운 타이밍은 상대가 방심하고 있을 때다. 다시 말해 전투가 끝난 이 순간은 기습이 가장 성공하기 쉬운 상황이었다. 이를 알고 있었기에 취한 행동이었다.

하지만 숙련된 전사가 쉽게 방심하지 않는다는 것은 **백**

전연마의 용병이라면 누구나 알고 있을 것이다. 그렇기에 더욱 주도면밀하게 치밀한 작전을 세우고 기습을 가할 타이밍을 노려 임기응변으로 습격을 가한다.

"그리핀에 탄 기사 분들이 다가오고 있습니다."

지붕에 있던 사라가 상공을 가리키며 지상에 있는 사람들을 향해 소리쳤다. 일동의 시선도 그쪽으로 옮겨갔다.

전황을 파악하기 위해 2인 1조 분대로 그리핀을 타고 비행해오는 기사들의 모습이 멀리서 드문드문 보였다. 접근해 오는 부대는 두 소대로 합계 8명으로 구성되어 있었고, 이쪽으로 다가오고 있어서 특히 더 눈에 띄었다.

"원군이 오나 봅니다. 마침 잘됐군요. 이봐, 공주님께 상황을 보고하러 가라."

루이즈는 사라에게도 들리도록 대답하고는 여기사 한 명에게 지시를 내렸다. 이 순간, 증원이 도착하여 보다 탄탄한 방위태세를 구축할 수 있다는 생각에 찰나 긴장이 풀린 것은 어쩔 수 없는 일인지도 모른다.

"……저기, 더 위쪽에서 급강하해 오는 부대도 아군입니까? 수가 상당하고 꽤 높은 위치에서 여기로 다가오는 것 같은데……."

사라가 의아한 얼굴로 아득한 상공을 가리키며 재차 물었다. 다른 공전기사들이 기껏해야 수십 미터 정도의 위치를 비행하는 데 반해 사라가 가리킨 그리핀 부대는 대체 어떻게 그런 곳까지 도달한 것인지 수백 미터 정도의 높이에 있었다.

하지만 중력에 몸을 맡긴 채 급강하하듯 그 모습이 점차 커져갔다. 비교적 일찍 발견할 수 있었던 것은 또다시 마물이 봉인된 구체가 쏟아질 것을 우려해 신체 강화로 시력을 강화한 채 상공을 경계했기 때문이었다.

"확실히 이상하군……."

루이즈가 아득한 상공의 부대를 응시했다. 그리핀의 수는 50마리, 공전부대로 보면 3중대 규모에 해당하는 상당한 대부대였다. 그런 수의 부대가 왜 자력 비행으로 도달할 수 없는 고도에서 급강하해 오고 있단 말인가.

"《인챈트 피지컬 어빌리티》. 저건……."

마법으로 시력을 강화한 루이즈가 그 모습을 더 자세히 보기 위해 시야를 좁혔다. 그러자 루이즈의 눈동자에 가르아크 왕국의 공전기사와는 다른 전투복을 입은 전사들의 모습이 들어왔다.

그리핀에 탄 수수께끼 부대의 전사들은 알 수 없는 주문을 외고 있었다. 급강하하는 그 앞으로 마법진이 속속 전개되었다.

"……아니야! 저건 우리 쪽 공전기사가 아니다!"

"아르마, 방어를!"

루이즈와 사라가 안색을 바꾸고 황급히 외쳤다. 그와 거의 동시에 지상을 향해 무수한 광탄비가 쏟아져 내리기 시작했다.

⟨ 제 3 장 ⟩ ❋ 천상의 사자단

　천상의 사자단. 지금은 죽은 루시우스 오르귀라는 사내
가 단장으로 있던 백전연마의 용병단이다.

　현재 그 단복을 입은 용병 50명이 가르아크 왕성을 향해
기습을 감행했다. 힘차게 강하하며, 상공 이백 수십 미터
위치에서 광탄을 사출하는 마법으로 지상을 향한 제압사
격을 개시했다.

　광탄 하나하나의 크기는 직경 수 센티. 실제로는 마력의
에너지탄이지만, 질량 1kg 미만의 경질 구체가 시속 300
킬로미터로 사출되는 것과 같았다. 그런 공격을 50명이 지
상을 향해 계속 발사했다.

　광탄은 비로 변해 순식간에 지상으로 접근했다. 목적은
저택 지붕에 서 있는 사라와 저택 옆에서 굳어 있는 세리
아, 아르마 일행, 그리고 프랑수아가 파견한 공전기사 두
소대, 인원수에 따라 각각 깔끔하게 분산되었다.

　"하아아아앗!"

　사라와 아르마는 순간적으로 거대한 마력 장벽을 머리
위로 펼쳐 쏟아지는 광탄을 막아냈다. 사라는 저택의 피해
를 최소화하기 위해, 아르마는 주위에 있는 세리아 일행을
보호하기 위해서였다.

　"아악?!"

"끼아악?!"

실로 훌륭하게 공격을 막아냈지만, 원군으로 온 공전기사들은 머리 위로 쏟아진 공격에 무방비했다. 올라탄 기사와 그리핀이 직격탄을 맞고 고통이 담긴 비명을 질렀다.

치명상을 입은 기사는 그대로 의식을 잃었고, 그리핀이 통증으로 날뛰기 시작하며 생명이 붙어있는 사람들조차 속속 굴어 떨어졌다. 이윽고 공격은 그쳤지만 무사히 비행하고 있는 사람은 한 명도 없었다. 아비규환의 광경이었다.

"윽……."

사라와 아르마는 낙하하는 공전기사와 그리핀을 속수무책으로 바라볼 수밖에 없었다. 아직도 공격은 끊임없이 쏟아졌고 장벽 전개를 멈출 수 없는 상황이었다. 그러는 사이에 습격자들은 지상으로 상당히 접근해 있었다.

'쳇, 원래 목표한 것들은 상처 하나 없군. 초격은 막힐 가능성이 높다고 레이스 나리가 말하긴 했지만, 기절한 녀석이 하나라도 있으면 편했을 텐데…….'

천상의 사자단에 소속된 용병 중 한 명인 알레인이 분하다는 듯 혀를 찼다.

"작전대로다! 루치, 네놈 조는 바깥! 벤, 네놈 조는 저택 안! 우리 조는 유격대다. 지상에서 저택으로 오는 성의 기사들을 막는다. 가자!"

그가 주위를 비행하는 동료들에게 지시를 내렸다.

"알았어!"

용병들의 움직임은 실로 민첩했다. 알레인을 포함한 30명이 상공에서 제압사격을 계속 이어가는 사이 다른 자들은 두 편으로 나뉘어 지상으로 강하했다. 루치를 포함한 12명은 조금 전 세리아가 전개한 흙벽 옆으로, 벤을 포함한 8명은 저택의 정면 출입구로 접근하고 있었다.

"큭, 저택 안에 적이……!"

머리 위에서 광탄을 발사하는 사람은 줄었지만, 제압사격 자체는 이어지고 있어서 사라는 장벽을 계속 쳐야 했다.

'이쪽은 완전히 방치……. 혹시 노리는 건 공주님들인가요?! 위험해요!'

사라는 용병들의 표적이 저택 안에 있다는 것을 파악했다.

"윽, 저는 저택을 원호하러 가겠습니다. 밖은 맡길게요!"

지상에 있는 세리아나 아르마 일행에게 저택에 들어가겠다는 취지를 전했다.

"부탁할게, 사라!"

곧바로 세리아의 대답이 돌아왔다. 그러는 동안에도 사라의 행동을 저지하기 위해 추가 광탄이 쏟아졌다.

'부대가 분산된 탓에 날 향한 공격이 많이 느슨해졌어. 지금이라면……!'

사라는 장벽을 편 상태로 얼음 창을 주변에 여러 개 전개했다. 쏘아진 얼음 창은 호선을 그리며 상공으로 향했다. 사라가 정령술로 궤도를 조정한 것이었다. 유도하는 곳은 물론 조금 전부터 사라를 겨냥해 광탄을 쏘고 있는 용병들이었다.

"쳇."

공격받은 용병들이 혀를 차며 얼음 창을 피하기 위해 선회했다.

그러는 사이 사라에게 향하는 광탄이 흔들렸다.

"지금입니다!"

사라는 공격이 느슨해진 틈을 놓치지 않고 그 틈에 1층으로 내려가 창문을 통해 저택 안으로 돌입했다.

◇ ◇ ◇

사라가 저택으로 되돌아간 한편, 루치가 이끄는 용병들도 지상으로 강하했다.

"큭, 내가 낸 흙벽 너머로……!"

세리아가 이를 악물었다. 착지할 때는 빈틈이 생기기 쉬웠다. 따라서 마법으로 공격당할 것을 경계해 벽을 방어막으로 쓴 것이다.

전투에 앞서 지형을 활용하는 법을 잘 알기에 나올 수 있는 행동이었다. 치밀하게 작전을 세우고 진행된 기습이라는 점만 봐도 무작정 돌격해 온 조금 전의 레버넌트들과는 비교가 되지 않는 강적임이 분명했다.

"《콰르텟 매지션 · 매직 캐논》."

세리아는 자신이 펼쳐놓은 두 개의 흙벽을 바라보며 공

경마법 주문을 영창했다. 마력 포격마법은 높은 위력의 마력포를 쏘는 마법으로 살상력이 무척 높았다. 어쩌면 사망자가 나올지도 모른다는 예견이 세리아의 뇌리를 스쳤다.

'……망설일 때가 아니야!'

여기서 망설였다간 일행 중 누군가는 확실히 죽을 것이다. 세리아는 전속력으로 마력을 조작했다. 3초 정도 만에 총 4개의 마법진이 눈앞에 펼쳐졌다.

"《파워 인핸스먼트》《풀 버스트》."

그리고 추가로 추문을 힘차게 외쳤다.

전개된 마법진의 빛이 더욱 강렬해졌다. 다음 순간 네 마법진에서 강력한 빛의 포격이 일제히 발사되었다.

노리는 곳은 물론 세리아가 만든 좌우로 나란히 선 거대한 두 개의 흙벽이었다. 빛의 끝이 충돌하며 화려한 폭발음이 울려 퍼졌다.

세리아는 포격의 궤도를 조작해 표면을 따라 성심껏 흙벽을 파괴했다. 예상대로 건너편에 있는 사람들을 생매장하듯 흙벽이 와르르 소리를 내며 무너져 내렸다.

"오오!"

기사들이 환호했다.

그 직후의 일이었다.

부웅, 하며 무너져 내린 잔해가 세차게 날아왔다.

"웃, 꺄악?!"

세리아가 쏜 빛의 포격 네 개를 통째로 삼키듯 벽 너머로 어둠의 분류와 휘몰아치는 강풍이 밀려왔다.

"큭……!"

충격으로 모두의 기세가 꺾였다. 하지만 아르마는 순간적으로 머리 위에 전개해둔 마력 장벽을 앞쪽으로까지 확장해 밀려오는 강풍을 막아냈다. 날아온 잔재들도 장벽과 충돌했지만 분쇄돼 튕겨 나갔다.

이윽고 강풍은 그쳤지만 흙먼지가 날리면서 주변 시야가 악화되었다. 이래서는 용병들도 세리아 일행의 모습을 볼 수 없을 터였다.

"하, 하, 하하하!"

벽이 있던 방향에서 큰 소리로 웃으며 환희하는 남자의 목소리가 울려 퍼졌다. 몸집이 큰 용병 사내, 루치의 목소리였다.

"굉장해! 정말 굉장하군! 단장의 유품인 이 검!"

루치는 광기마저 느껴지는 번들거리는 눈빛으로 손에 쥔 칠흑 같은 검을 내려다보며 섬뜩하게 웃고 있었다.

"큭……. 아르마, 적을 견제하고 시야를 확보해야겠어. 일단 전방의 장벽을 없애줘."

"네!"

"《윌 윈드》."

세리아는 시야를 확보한 뒤 적을 견제하기 위해 새로운 마법을 사용했다. 마법진에서 소용돌이 모양의 바람이 전방으로 뿜어져 나오더니 흙먼지를 일으키며 나아갔다.

"시시하다고!"

하지만 또다시 앞쪽에서 어둠의 충격파가 몰아쳤다. 루치가 손에 든 검을 휘두른 것이다. 세리아가 내보낸 선풍마법이 가볍게 베어졌다.

그러자 시야가 급속히 맑아졌다. 흙벽도 무너진 탓에 마침내 양측이 서로의 모습을 파악할 수 있었다. 시선 끝에는 칠흑의 전투복을 입은 용병 열두 명이 나란히 서 있었다.

"뭐, 뭐야……?"

세리아가 불안한 듯 몸을 떨었다.

"전원 발검! 신체 능력을 강화해라!"

루이즈가 검을 뽑아들고 즉시 전투태세로 들어갔다. 《인챈트 피지컬 어빌리티》 하고 주문을 외자 그녀의 부하 여섯 명이 그 뒤를 따랐다.

서로의 위치관계도 모른 채 무작정 움직이는 것은 악수였지만, 시야가 트인 이상 언제 전투가 시작돼도 이상할 게 없었다.

"으, 장벽 치는 거 교대할게, 아르마. 《매직 배리어》."

세리아도 황급히 주문을 외워 아르마가 전개한 장벽 안쪽을 포개듯이 물리공격과 공격마법을 막아내는 마력 장벽을 형성했다.

장벽을 친 동안에는 꼼짝도 할 수 없기 때문에 마도사인 자신보다 기동력이 높은 아르마를 자유롭게 하려는 계산이었으리라.

사라가 저택 안으로 들어간 이후 공격이 잦아들지는 않 았지만, 언제 위에서 노릴지 모르는 이상 장벽을 계속 쳐둘 필요는 있었다. 제공권을 잡아두려면 이것이 최선이었다.

"부탁할게요."

아르마는 고개를 끄덕이고 자신이 펼친 장벽을 풀었다. 동시에 앞에 선 루치 일행을 확인하고는 앞으로 나아갔다. 용병들도 각자의 손에 무기를 갖추고 있었다.

"하하핫!"

일촉즉발의 분위기가 감도는 상황 속에서 무엇이 우스 운지 루치만은 참을 수 없다는 듯 유쾌한 웃음을 흘리고 있었다. 그 모습이 어찌나 섬뜩한지 세리아 일행이 얼굴을 찌푸렸다.

"세리아 씨, 눈치채셨나요?"

아르마가 루치 쪽을 응시한 채 세리아에게 속삭였다.

"……뭘?"

저 검은 검을 든 남자, 전에 크리스티나 공주를 로다니 아로 모셔다드렸을 때 국경에서 습격해온 일당 중 한 명입 니다."

아르마는 실제로 그들과 대치했었기에 인상에 남았을 것이다.

"앗……!"

세리아가 헉하고 숨을 삼켰다.

"핫, 이쪽의 정체는 눈치챘나 보군. 알아보기 쉽게 일부러 단복까지 입고 나왔으니까 말야. 이봐, 그때의 연장전으로 가보자고."

루치는 신분을 감추려고도 하지 않고 검을 겨누며 아르마에게 말했다. 그때는 아르마가 승리했지만, 이번에는 자신이 이기겠다는 듯한 도발적인 태도였다.

'저 단복, 어느 나라의 공전기사인가? 아니면 이름이 알려진 용병단? 어느 쪽이든 굳이 소속을 밝히고 성으로 기습하다니…….'

상대의 신원을 모르는 루이즈는 그런 추측을 했다. 가르아크 왕국의 기사들이 동일한 디자인의 기사복을 착용하듯이 지금의 루치 일행도 같은 디자인의 전투복을 착용하고 있었기 때문이다.

"저 메이스를 가진 꼬마랑 장벽을 친 쪼그만 마도사 여자가 타깃인 게 확실하지, 루치?"

곁에 있던 용병 중 한 명이 루치에게 확인했다. 이들 중 아르마와 세리아의 얼굴을 아는 사람은 루치뿐이다.

"그래, 사전에 상의한 대로 너희는 마도사인 여자를 노려라. 주위의 잔챙이들도 다 양보하지. 메이스를 가진 꼬마는 너희들로는 벅찰 테니까 말이야, 내 먹잇감이다."

"단장의 마검을 물려받았다고 유세는…….'

언짢음을 숨기지 않은 목소리로 투덜거렸다. 주위 용병들도 못마땅한 얼굴로 루치가 손에 쥔 칠흑의 마검을 바라보았다.

"적합한 게 나뿐이었으니까."

루치가 자랑스럽게 반박했다. 실제로 루시우스가 생전에 쓰던 칠흑의 마검은 강력했다. 그 힘이 이제서야 빛을 보게 된 셈이니 루치의 기분이 들뜬 것도 무리는 아니었다.

"쳇……, 누구 한 명이라도 인질을 잡으면 임무 달성이라는 거 잊지 마."

분수에 맞지도 않는 힘을 너무 휘두른 나머지 임무 수행을 잊지 말라는 듯, 한 사내가 비꼬며 말했다.

"뭐? 뭘 위해 여기 왔다고 생각하는 거야?"

단장을 죽인 그놈에게 보복을 하기 위해서라고. 빈정대는 동료를 노려보며 루치가 얼굴을 찌푸렸다.

"적의 증원이 오기 전까지 끝낸다. 너희들은 내 뒤를 따라와."

하지만 곧 표정을 바꾸고 아르마 쪽으로 시선을 돌리며 임전 태세를 취했다.

"그럼 세리아 씨."

적이 움직이려는 것을 예감한 아르마가 시선은 앞을 향한 채 뒤에 서 있는 세리아를 불렀다. 아르마 쪽도 최소한의 의논으로 작전을 세우고 있었다.

"응."

전방과 머리 위를 향해 마력 장벽을 펼치던 세리아가 전방 부분을 없앴다. 그러자 아르마가 그대로 장벽 밖으로 나아갔다.

이어서 루이즈와 여기사들이 세리아 앞에 섰다. 세리아는 장벽의 형태를 조종해 여기사들이 줄지어 선 전방 부분에만 구멍을 낸 돔 형태의 장벽으로 변화시켰다.

아르마는 그것을 확인하자마자 메이스의 밑둥으로 쿵하고 땅을 찔렀다. 직후, 아르마 뒤에 선 여기사들의 눈앞에 높이 1미터 남짓한 두꺼운 벽이 융기하며 세리아가 의도적으로 연 장벽의 구멍 부분을 메꿨다.

"……."

서로가 광범위한 기술을 펼칠 수 있다는 것은 확인했다. 무작정 파고들면 표적이 되기 십상이었기에 필연적으로 서로 경계하며 대치하는 상황이 되었다.

하지만 이곳이 적진인 이상 시간이 지나면 불리해지는 것은 습격자 쪽이었다. 침묵은 곧 깨졌다.

"간다!" "옵니다!"

루치와 아르마가 동시에 외쳤다. 곧바로 루치가 아르마를 향해 달려갔다. 한발 늦게 용병들도 루치의 뒤를 쫓았다.

'……빨라.'

마법만으로 신체 능력을 키워서는 낼 수 없는 속도였다. 아마 모두가 신체적 능력뿐만 아니라 육체적 강화가 가능한 마검을 소지하고 있을 것이다. 루치의 움직임은 특히 눈에 띄었다. 다른 사람보다 월등히 빨랐다.

하지만 신체 능력과 육체를 강화할 수 있는 것은 아르마도 마찬가지였다. 덕분에 용병들의 초동을 정확히 파악했다.

'역시 이 포진이 정답이었어요.'

마법을 통한 신체 능력 강화밖에 할 수 없는 기사들은 속도를 따라갈 수 없었으리라. 전에 루치, 알레인, 벤과 교전했을 때 세 사람 모두 신체 강화가 가능한 마검을 소지하고 있었다. 그래서 이 자리에 있는 사람들도 그와 동등한 물건을 가졌을 것이라 추측하고 기사들은 일부러 뒤로 물러나게 한 것이었다.

"하앗!"

아르마가 정면으로 파고들었다.

다음 순간 루치의 틈을 간파했지만 이는 루치도 마찬가지였다.

서로가 무기를 휘두르자 날카로운 금속음이 울려 퍼졌다.

드워프 특유의 강한 힘으로 밀어붙이려고 했으나, 생각했던 것보다 루치의 완력도 뛰어났다. 아니, 오히려 지난번 싸웠을 때보다 근력이 더해졌다. 새로 얻게 된 루시우스의 마검으로 강력한 신체 강화를 했다는 것을 알 수 있었다.

"윽……."

"여전히 터무니없이 무식한 힘이군!"

아르마의 근력이 근소하게 앞서며 루치를 뒤로 밀어냈다. 하지만 자세를 무너뜨리는 정도까진 가지 못했다. 루치는 조금의 틈도 두지 않고 곧바로 다시 돌진해왔다.

"늦었어, 루치!"

하지만 밀린 것은 사실. 그 사이 루치의 양옆으로 용병 두 명이 지나치며 그대로 아르마에게 달려들었다.

"야, 너희들! 내 먹잇감이라고!"

루치가 언성을 높였다.

'처음부터 누구에게든 정면 돌파할 생각은 없었어요!'

얼마나 수가 많든 바라던 바라며 아르마는 메이스를 힘차게 지면으로 내리쳤다. 지면이 부서지며 돌가루 섞인 충격파가 휘몰아쳤다.

"으악!"

"방해다!"

참지 못하고 뒤로 물러서는 용병 둘과 교대하듯 루치가 다시 치고 들어왔다.

"못 옵니다!"

아르마는 메이스를 내려친 상태에서 땅으로 마력을 쏟아부었다. 눈앞으로 고슴도치처럼 무수한 흙창이 솟아났다.

"이런, 무서워라."

루치가 검을 휘두르자 거무스름한 어둠이 흘러나오며 융기한 흙의 창을 모두 없애 버렸다. 그대로 공격을 되돌리듯 아무 장애물 없이 아르마를 향해 검을 휘둘렀다.

"윽!"

아르마는 순간적으로 메이스를 쳐들어 루치의 검격을 막았다.

"이건 내 먹잇감이다! 네놈들은 양쪽으로 공격해!"

루치가 뒤에 선 용병들에게 소리쳤다.

"쳇!"

마음에 들지 않는 듯 인상을 찌푸린 용병도 있었지만 반발심보다는 목적 달성을 우선시한 것인지 시키는 대로 양옆으로 나아갔다. 그리고 그대로 아르마를 지나쳐 세리아쪽을 노렸다.

"지금이다!"

"《파이어 볼》."

"《썬더 볼》."

루이즈의 지시에 따라 여기사 두 명이 장벽 앞쪽 틈새를 따라 양쪽으로 공격마법을 쏘아냈다. 본직인 마도사만큼 다재다능하게 마법을 다루진 못했지만 기사도 하급 공격마법 정도는 쓸 수 있었다. 특히 대인전투만 놓고 보면 하급 공격마법으로도 충분히 움직임을 저지할 수 있었다.

장벽 안쪽에 있으면 외부에서 오는 공격을 막을 수는 있지만 안쪽에서 바깥쪽으로 공격도 할 수 없게 된다. 그래서 세리아는 의도적으로 장벽 앞쪽을 비워둔 것이었다. 거기에 아르마가 차폐물로서 낮은 흙벽을 생성했다.

중앙으로 돌파하려는 적을 아르마가 막고 좌우로 돌아서 들어오려는 적을 루이즈 일행이 마법으로 탄막을 쳐서 처리한다. 이것이 방금 세리아와 함께 순간적으로 세운 작전이었다.

"쳇."

볼 계열의 공격마법은 하급 중에서도 특히 살상력이 높은 마법이었지만 위력에 비해 탄속이 빠르지 않았다. 마검으로 신체를 강화한 노련한 전사를 상대로 맞추는 것은 어려웠다. 용병들은 착탄지점에서 후퇴하거나 우회하는 식으로 마법의 효과 범위를 피해버렸다.

"《포톤 배럿》."

공격을 피한 용병들을 노려 다른 여기사 두 명이 광탄마법을 사용했다. 위력은 볼 계통의 공격마법에는 못 미치지만 탄속에서 크게 앞서는 것이 배럿 계열 마법이었다. 그중 광탄마법의 탄속은 단연 뛰어났다.

"귀찮게 하는군."

"잔챙이들인 줄 알았더니 역시 노련해."

"아마 엘리트 기사들일 거다. 얕보고 덤벼들지 마!"

하지만 그럼에도 용병들에게 공격마법을 명중시키지는 못했다. 욕설을 퍼부을 수 있을 정도로 여유롭게 움직이며 날아오는 마법을 회피하고 있었다.

반면 아르마와 루치는 메이스와 검을 맞부딪치며 사투를 벌이고 있었다.

"자앗!"

루치는 전에 싸울 때보다 확실히 강해졌다. 기초적인 기술이 향상된 것은 아니지만 신체적인 능력이 현격히 향상되어 있었다.

근력은 아직 아르마 쪽이 앞섰지만 속도로는 비슷했다.

그리고 대인 전투에 익숙한 것은 단연 루치였다. 용병으로서의 전투 경험은 허세가 아니었다.

'내가 적 몇 명은 붙잡아뒀어야 했는데!'

현재까지 단 한 사람의 발만 묶고 있는 상황에 아르마는 이를 갈았다. 이런 쪽은 아직 실전 경험이 부족한 탓에 미숙했다.

"핫, 수비를 다지면서 시간벌기라. 근데 별로 오래갈 것 같지 않군."

루치는 검을 휘두르며 초조해하는 아르마를 꿰뚫어 보듯 부추겼다.

"큭……."

실제로 상황은 좋지 않았다. 습격자들은 실력자라고 소문난 천상의 사자단 소속 용병들이다. 장벽과 탄막을 쳐서 전방 접근은 막고 있지만 용병들도 계속 당하고 있진 않았다.

"《포톤 배럿》."

탄막을 피한 용병들이 반격으로 광탄을 쏘아댔다. 노리는 것은 물론 비어있는 장벽의 전방이었다.

아르마가 설치한 흙벽이 차폐물이 되어 얼마간의 공격을 막을 수는 있었지만, 여기사들이 흙벽에서 상반신을 내밀어 마법을 발사할 정도의 틈새는 있었다. 그곳에서 장벽 안쪽으로 몇 개의 광탄이 흘러들었다. 장벽 안쪽에 착탄한 광탄이 튕겨 나갔다.

"큭, 세리아 님. 몸을 숙이십시오."

"네, 네."

루이즈의 지시에 세리아가 몸을 숙였다.

마법싸움에서는 차폐물이 중요한 존재가 된다. 차폐물 너머로 마법을 쏘면 가려진 면적에 따라 피탄 위험이 줄어든다.

"고개는 낮추되 공격의 손은 늦추지 마라! 마력이 다할 때까지 마법을 계속 쏘는 거다!"

"네!"

여기사들도 몸을 낮춘 채 흙벽 너머로 계속 탄막을 쳤지만 머리를 숙이면 자연스레 시야도 나빠지는 탓에 정확도도 낮아졌다. 덕분에 용병들은 움직이기 편해지고 말았다.

"좋아, 뒤로도 돌아가!"

"무식하게 큰 장벽인 만큼 연비는 나쁘다!"

"계속 공격해서 장벽을 무너뜨려라!"

이윽고 용병들은 장벽을 에워싸고 바깥쪽에서 장벽을 공격하기 시작했다.

"으……."

뚜렷한 악의를 가진 자들이 장벽에 공격마법을 쏘거나 검으로 장벽을 내리치는 모습을 보며 세리아의 얼굴에 조바심이 배어들었다.

마력으로 장벽을 치면 외부의 공격을 막을 수 있고 장벽을 뚫고 적에게 침입당할 일도 없으니 강력한 방어수단임에는 분명했다.

하지만 방어수단으로서의 가성비는 나쁜 편이었다. 장벽을 계속 유지하느라 마력을 소비하게 되고, 공격을 막는 데에도 마력을 소비하기 때문이다. 전개 면적을 넓히면 마력 소모는 가속도적으로 늘어나고 마력이 부족하면 장벽의 강도는 약해진다.

마력의 소모를 최소화하려면 부딪치는 공격에 상응하는 강도와 면적에 맞춰 장벽을 펼쳐야 하지만, 그럴 수만 있다면 고생할 일도 없을 것이다. 공격을 막기 위해서는 많은 마력을 투입해야 하는 데다 넓은 면적으로 장벽을 전개해야 했기 때문이다. 그러니 공격을 막는 데 필요 이상의 마력을 소모할 수밖에 없었다. 상대의 공격을 피할 수 없을 때 외에는 실전에서 사용할 마법이 아닌 것이다.

세리아는 일반적인 마도사보다는 훨씬 마력량이 많았지만 열 명이 넘는 용병들에게 둘러싸여 계속 공격을 받는다면 상황이 불리해질 것은 불 보듯 뻔했다. 굳이 비유하자면 마개를 딴 상태로 욕조에 몸을 담그는 격이었다. 장벽을 유지하는 데 필요한 마력이 소진된 순간 적들이 일제히 들이닥치며 세리아 일행은 전멸할 것이다.

'괘, 괜찮아……. 리오에게 받은 정령석의 마력도 있고, 이 정도의 소동이 벌어지고 있으니 원군이 와 줄 거야. 그때까지는 버텨야 해……!'

지금 여기엔 리오가 없다. 그 사실이 무겁게 짓눌러왔다. 하지만 리오가 없어도 괜찮다는 것을 보여주기 위해 전쟁에 참가한 것이다. 세리아는 리오에게서 받은 정령석을 쥐고 필사적으로 스스로를 타일렀다.

그런 세리아의 모습은 싸우는 아르마의 시야에도 들어왔다.

'……이렇게 되면 어쩔 수 없어요!'

그녀는 결심했다. 한 가지, 아르마에게 이 상황을 타개할 수 있을지도 모르는 비장의 카드가 있었다. 가능하면 덮어두고 싶었다. 아니, 최대한 덮어두라는 마을의 엄명을 받았지만, 그 비장의 카드를 여기서 쓰지 않으면 돌이킬 수 없는 일이 벌어질지도 몰랐다.

'……이프리타!'

아르마는 자신과 계약한 중위 정령의 이름을 마음속으로 외쳤다.

그 직후, 이프리타가 장벽을 둘러싼 용병 중 한 명을 향해 기세 좋게 달려들었다.

아르마가 이프리타를 부르기 전의 일이다.

새로이 나타난 습격자들이 인간이라는 것은 성의 공중정원에 있는 국왕 프랑수아도 파악하고 있었다. 그보다는 현재 진행형으로 추이를 초조하게 바라보고 있는 것에 가까웠다.

지상에서의 전투는 분명히 밀리는 것이 보였다. 저택 안으로 몇 명이 돌입하는 것도 보았고, 습격자인 그리핀 부대가 공중을 돌며 지원을 위해 리오의 저택으로 향하는 부대를 요격하고 있었다.

"허튼짓을……."

프랑수아는 분노와 조바심을 억누르기 위해 어금니를 악물었다. 소리친다고 현실이 바뀌는 것도 아니고, 무엇보다 긍지 높은 국왕인 그가 가신들 앞에서 허둥대며 소리치는 모습을 보일 수는 없었다.

상황에 대처하기 위해 필요한 지시는 진작에 내렸다. 지상에 있는 기사들은 아직 레버넌트들을 처리하느라 움직일 수 없었지만 공전기사들은 현장으로 가라고 명했다.

다만 용병들의 습격에 앞서 발생한 레버넌트들의 습격으로 성 안은 혼란스러웠고, 부상자를 이송하는 등의 지원 작업도 진행 중이었다. 왕성에는 공전기사단의 3분의 1인 600명이나 되는 공전기사가 주둔하고 있었지만, 지시를 받고 현장에 갈 수 있는 사람은 100명 남짓밖에 없었다.

하지만 그 정도 수의 공전기사들이 리오의 저택 상공을 향해 사방에서 날아오고 있었기에 알레인 쪽도 총출동하여 요격에 임해야하는 상황이었다. 이로 인해 세리아 일행이 있는 지점으로 제압사격을 할 수 없게 되었다는 것이 현재의 지원 성과라고 볼 수 있었다.

알레인이 이끄는 부대는 30명으로 일부는 지상에 내려

와 직접 원군의 발을 묶고 있었다. 인원수만 봤을 땐 자기 진영인 가르아크 왕국 측이 압도하고 있었지만, 공전기사들을 향해 아득한 상공에서 지원 사격이 날아오는 것이 성가시게 했다.

게다가 지상으로 강하해 자유로워진 그리핀들 수십 마리가 주인들을 지키기 위해 상공 싸움에 가세하기 시작했다. 그래서 아직 제공권을 따내진 못했다.

공전기사들은 머리 위에서 오는 제압사격과 발치에서 다가오는 야생 그리핀을 경계하며 알레인 일행과 싸워야 했기에 생각만큼 공격하지 못했다. 프랑수아는 그 모습을 눈에 담고 있었다. 그때였다.

"폐하! 습격자의 신원을 알았습니다! 저 단복에 새겨진 문장은 천상의 사자단이라 불리는 용병단의 것일 가능성이 높다고 합니다."

호위기사들과 마도사들의 보호를 받는 프랑수아에게 보고를 위해 병사가 다가왔다. 여기서 적의 정체가 밝혀졌다.

"뭐라고?"

프랑수아는 무언가 깨달은 듯 눈살을 찌푸렸다. 워낙 유명한 용병단이라 이름 정도는 들어봤다, 라는 이유에서가 아니었다. 그 용병단의 단장이 부모의 원수로서 리오에게 살해당했고, 얼마 전엔 크리스티나와 플로라를 납치한 주범이었기 때문이었다.

"음……."

지금 용병들이 공격하고 있는 곳은 그들의 단장을 죽인 리오가 소지한 저택이다. 그리고 그 안에는 이전에 그 단장이 유괴했던 크리스티나와 플로라도 있었다.

과연 천상의 사자단이 무슨 속셈으로 이 습격을 시도한 것인가, 프랑수아는 머리를 싸매며 신음했다.

한편, 벤이 이끄는 용병들이 1층 정면 입구에서 저택으로 들어선 지 얼마 지나지 않았을 때. 용병들은 문을 하나하나 열고 안을 확인하고 있었다.

"사라예요! 열어주세요!"

사라는 저택의 구조를 파악했다는 이점을 살려 세이프룸으로 이어지는 응접실 창문을 통해 곧장 실내로 들어가려 했다. 다만 갑자기 들이닥치면 적으로 오인 받을 수도 있었기에 똑똑, 다급한 손놀림으로 창문을 두드렸다.

실내에 남아있던 호위기사는 바깥의 동태를 살피고 있었는지, 사라가 갑자기 지붕에서 내려온 것에 놀라면서도 서둘러 창문을 열어주었다.

세이프룸으로 통하는 입구 앞에는 신장인 창을 든 사츠키와 단검을 든 라티파, 그리고 바네사가 서 있었다. 사츠키와 라티파는 세이프룸 안에 있어야 했지만 아마도 전투가 시작되면서 방어에 가담했을 것이라고 판단했다.

"……실례합니다."

적이 위치를 알아챌 것을 염려해 목소리를 낮추며 입실한 사라는 코앞에 슬며시 검지를 올리고 안에 있는 자들에게 조용히 할 것을 알렸다.

"사라."

창으로 밖의 전투를 엿볼 수 있으니 상황을 파악했을 것이다. 사츠키는 목소리를 낮추면서도 초조한 기색으로 사라의 이름을 불렀다. 세이프룸에 있는 미하루, 크리스티나, 플로라, 샤를로트도 얼굴을 내밀었다.

"저택에 적이 침입했어요. 상대는…… 마물이 아닌 사람입니다."

"……으, 응. 이제 어쩌지?"

상대가 사람이라는 말을 들은 사츠키의 얼굴에 불안한 빛이 짙게 배었다. 다른 사람들도 모두 긴장하고 있었다. 마침 밖에서는 격투가 시작되려 하고 있었다.

"……쓰러뜨릴 겁니다."

사라는 방의 출입구가 되는 문과 창밖, 그리고 세이프룸을 둘러본 후 어두운 표정으로 결단을 내렸다.

"여러분은 여기서 계속 수비를 맡아주세요. 저는 방 밖에서 적을 기다리겠습니다."

말을 마친 그녀는 통로로 통하는 문으로 나아갔다.

"나, 나도 갈게."

그러자 사츠키가 황급히 동행을 자청했다.

"사츠키 씨의 창은 넓게 휘두르는 것이니 통로 싸움에는 적합하지 않습니다. 싸운다면 적어도 이 방 안에서 해야 해요. 침입해 온 적을 여덟 명 확인했습니다. 제가 놓친 적이 이 방에 돌아오면 그때는 부탁합니다."

사라는 적이 이 방을 침범할 가능성도 있다는 뜻을 전했다.

"……알았어."

사츠키는 힘겹게 숨을 삼키면서도 고개를 끄덕였다.

"통로로 나가면 좌우로 협공을 받을 수도 있습니다. 저희는 동행하겠습니다."

루이즈의 부하인 여기사 두 명이 허리에 찬 검을 뽑으며 동행을 제의했다. 이들은 실내 전용의 짧은 검을 장비하고 있었기에 통로에서도 문제없이 싸울 수 있을 터였다.

"부탁합니다."

사라는 짧게 대답했다.

"스즈네도 이 방에 남아주세요. 만약 적이 들어오면 당신과 사츠키 씨가 마지막 방어선입니다."

그리고 세이프룸 입구를 보며 라티파에게 말을 전했다.

"……응."

라티파는 굳은 몸짓으로 고개를 끄덕였다. 바로 그때였다. 저택 밖에서도 싸움이 시작된 것인지 격렬하게 무기를 부딪치는 소리가 들려왔다.

"저희들이 나가면 걸어 잠그고 문에서 떨어지세요. 창문도 경계를 부탁합니다. 그럼……"

사라는 사츠키에게 그렇게 말하고는 여기사 두 사람과 얼굴을 마주했다. 그리고 고개를 끄덕이고는 통로 밖으로 나왔다.

응접실이 있는 곳은 1층 안쪽이었다. 현관이 있는 홀에 연결된 통로와 식당으로 연결된 통로가 있었기에 양방향에서 적이 습격할 가능성이 있었다.

"그럼 두 편으로 나뉘어서 통로를 지킵시다."

사라가 그렇게 제안한 순간이었다.

"……여기 있다!"

"1층 안쪽이다!"

현관 홀로 통하는 통로 옆에 있던 문 하나가 열리면서 용병이 나타났다. 둘이서만 행동하고 있었는지 저택에 침입한 다른 아군을 부르기 위해 소리를 질렀다.

"윽, 제가 대응하겠습니다. 두 분은 식당으로 연결된 통로의 수비를!"

사라는 그렇게 말하자마자 용병 두 명을 향해 돌격을 개시했다.

"은발의 단검사다! 조심해!"

"물을 다루는 마검인가. 핫, 재미있군!"

보고하는 사이 용병들도 검을 빼 들고 앞으로 나섰다. 각각 앞뒤로 비스듬히 움직이며 사라와의 거리를 좁혔다. 이동에 망설임이 없는 것을 보아 실로 숙련된 모습이었다.

사라에 대해선 사전에 교전 경험이 있던 알레인, 루치,

벤에게서 설명을 들었으리라. 당시 물의 정령술을 이용해 세 사람을 쓰러뜨렸으니 물을 다루는 마검을 소지하고 있다고 추정한 것 같았다.

'나를 알고 있어? 그렇다면⋯⋯!'

아직 이 시점에서 상대의 신원을 파악하지 못한 사라는 상대가 자신의 정보를 아는 것에 당황했다. 하지만 그렇다고 해서 움직임에까지 영향을 미치지는 않았다. 차라리 알려져 있다면 숨길 필요도 없다고 생각한 것일까.

"하앗!"

사라는 두 사람 사이로 틈을 두고 몇 걸음 앞섰다. 그리고 한쪽 단검을 휘둘러 처음부터 물의 참격을 한일자로 날렸다. 실내 손상을 의식해 위력은 미미했지만, 맨몸인 사람이 맞으면 채찍으로 맞은 것 같은 통증이 올 터였다.

"어이쿠!"

용병 두 명은 슬라이딩을 통해 가볍게 물의 참격을 피했다.

'빨라!'

두 사람의 반응속도를 보며 사라는 마법으로 신체 능력을 키운 기사들이 감당할 수 없는 속도라는 것을 짐작했다. 저택에 돌입한 용병들은 밖에서 싸우는 용병들보다 날이 짧은 검을 장비했지만 신체 강화가 가능한 마검이라는 것에는 차이가 없었다.

"으랴!"

앞서 있던 용사 한 명이 슬라이딩을 하며 사라의 발을

향해 검을 휘둘렀다. 칼날로 발을 자르려는 것이 아닌, 검의 뒤편으로 내리치려고 했다.

"큭."

사라는 순간적으로 점프해서 공격을 피했다.

"그렇게 나오시겠지!"

또 다른 용병이 똑같이 검의 등으로 내리치는 듯한 움직임으로 사라를 향해 검을 휘둘렀다. 하늘에서 날지 못하는 한 도약 중에는 무방비가 되기 십상이었다. 그 사실을 이해한 즉흥적이고도 교묘한 연계였다. 이 상태로 사라가 할 수 있는 것이라고는 손에 든 단검으로 공격을 받아내는 것뿐이었다.

"……아?"

그런데 사내가 휘두른 검이 휙 하고 허공을 갈랐다.

사라가 공중에서 점프를 해버린 것이다. 말 그대로 공중에서 백 텀블링을 해서 공격을 피하고 가볍게 후퇴했다.

"하앗!"

동시에 슬라이딩을 끝내고 검을 휘두른 두 용병을 향해 양손의 단검에서 정령술을 이용한 참격을 날렸다.

"망할!" "으악!"

참격을 당할 수밖에 없는 쪽은 용병들이었다. 순간적으로 자세를 고쳐 뒤로 물러나려 했지만 회피가 늦어져서 참격을 베어내야 했다.

사라가 날린 하나는 물의 참격이었다. 베어낸 물이 튕겨

나가며 남자의 손에 둔탁한 충격이 전해졌다. 그리고 다른 하나는 얼음의 참격이었다.

착지한 채 자세를 가다듬는 사라와 후퇴하여 검을 고쳐 잡은 용병 두 병이 통로에서 서로 대치했다. 다시 전투 개시였다.

"얼음이 껴어. 물과 얼음의 단검이다."

얼음의 참격을 베어낸 사내의 검은 냉기를 맞은 탓에 검날에 얼음이 맺혀 있었다. 덕분에 경계심이 더 강해졌다.

"그보다 공중에서 점프했다고."

다른 용병은 사라가 공중에서 2단 점프를 한 것에 놀라고 있었다.

참고로 사라가 공중에서 점프를 한 것은 정령술로 작은 마력 장벽을 만들어 그것을 발판 삼았기 때문이었다. 연속해서 사용하면 하늘을 달릴 수도 있지만 난이도 역시 그에 상응하게 높았기 때문에 보통 비행의 정령술로 나는 편이 자유롭게 날기엔 더 수월했다.

'이 사람들, 혹시…….'

사라는 습격자들에 대한 신상을 이제서야 조금씩 짐작했다. 전에 싸웠던 루치 일행의 존재가 뇌리를 스쳤다.

"조심하세요. 이 두 사람 움직임이 빠릅니다! 마검사예요. 어쩌면 다른 침입자들도 동등한 물품을 장비했을지도 모릅니다. 마법으로 탄막을 쳐서 통로를 막는 게 좋겠어요!"

사라가 여기사 두 명에게 외쳤다.

"아, 알겠습니다!"

아직까지는 여기사들이 지키는 식당으로 연결된 통로 쪽에는 용병이 오지 않았다. 맡은 곳을 경계하면서도 사라가 벌이는 고도의 전투를 지켜보던 두 사람이 강하게 고개를 끄덕였다.

"······."

한편 홀로 통하는 통로 끝에서는 벤을 비롯한 용병들이 숨을 죽인 채 사라의 전투를 지켜보고 있었다.

실내에서의 집단전은 실로 어렵다. 휘두르는 무기를 사용하면 무기 끝이 벽이나 가구에 걸리기 때문에 컴팩트한 움직임이 필요했고, 내부에서 어떻게 움직이는지, 건물의 구조를 어떻게 이용하는지 같은 전술적인 행동도 의식해야 했다. 용병으로서 수많은 전투를 치렀던 이들은 이 점을 잘 알고 있었다.

"좁은 통로로 무리하게 여기 있는 전원이 돌입할 필요는 없다. 하지만 증원이 전혀 오지 않아도 의심을 사겠지······. 너희 둘은 통로로 나가 녀석들을 엄호해라. 나머지 세 명은 나와 이동한다. 창문이 있으면 밖으로 돌아갈 수 있을지도 몰라."

벤이 즉석에서 작전을 세웠다.

"알았어."

"화려하게 가보실까."

그러자 누가 저택에 남아 양동 겸 아군을 엄호할지가 곧

결정됐다. 거기서 행동 개시까지는 순식간이었다.

"찾았다!"

"이쪽이야!"

사내들은 사라 쪽의 주의를 끌려고 일부러 크게 소리쳤다. 그리고 자기편을 돕기 위해 달려나갔다.

"좋아. 우리도 간다."

그것을 확인한 벤은 용병 세 명을 데리고 저택 밖으로 향했다.

그 무렵, 저택 밖에서의 전투는 점점 거칠어지고 있었다.

아르마가 계약 정령인 이프리타를 불러들인 것이 계기였다. 등에 사람 두셋은 거뜬히 태울 것처럼 거대한 체구를 자랑하는 짐승이 불쑥 나타났으니 그 정체를 모르는 자들은 입을 쩍 벌릴 수밖에 없었다.

"크룩!"

"으악?!"

이프리타는 근처에서 하얗게 질려 있던 용병의 허를 찌르듯 몸을 부딪쳐 그대로 기세 좋게 날려버렸다.

"아악!"

"으헉!"

곧바로 눈에 띄지도 않는 속도로 용병을 쫓아 달려가서

는 뒤로 나자빠진 용병의 명치를 앞발로 힘껏 짓밟았다. 비록 마검으로 신체 강화를 했지만 이 공격에 무사하긴 힘들었다. 남자는 내장에 손상을 입고 의식을 잃었다.

"뭐야, 이 괴물은?!"

세리아가 쳐놓은 장벽을 공격하던 용병들의 주의가 이프리타에게 향했다.

"크르르!"

이프리타는 다음 용병을 쓰러뜨리기 위해 덤벼들었다. 하지만 한 명이 당한 것을 본 용병들의 의식은 완전히 달라져 있었다. 노려진 용병도 위축되어 반응이 늦어지긴커녕 빠른 움직임으로 이프리타와의 거리를 벌렸다.

"쳇, 이 괴물 먼저 상대해야겠다!"

그렇게 용병들은 유동적으로 움직이며 이프리타의 처리로 목적을 바꿨다.

"뭐, 뭐야, 저 짐승은……?"

"어디서 나타났지?"

"용병들을 습격하는데……."

혼란스럽기는 장벽 속에 진을 치고 있는 루이즈 일행도 마찬가지였다. 현재로선 용병들을 습격하고 있지만 자신들을 습격하지 않을 거란 확신은 없었다. 경계하는 것은 당연했다. 아르마 이외에 이곳에서 이프리타의 정체를 아는 사람은 세리아뿐이었다.

"아르마……."

정령의 존재를 함부로 발설해서는 안 된다. 만약 전해야 하는 경우라도 신뢰할 수 있는 상대를 엄선할 것. 아무리 믿을 만한 상대라도 정말 전할 필요가 없다면 전하지 말아야 했다.

그것은 사라네가 마을을 나갈 때 장로들에게서 들은 마을의 규칙이었다. 정령의 주민들이 오랫동안 인간족을 불신하는 것은 인간족이 정령의 주민들 차별하고 박해한 것이 가장 큰 원인이었다. 그래서 신마전쟁이 시작되기 전부터 정령의 주민들은 속속 슈트랄 지방을 떠나기 시작했고, 깊숙한 미개척지로 거처를 숨기듯 옮겨갔다. 신마전쟁 때는 필요에 의해 참전했지만, 전쟁이 끝난 후 정령의 주민들은 다시 슈트랄 지방을 떠나 마을로 돌아갔다고 한다.

당시 슈트랄 지방에 있던 정령들도 대부분 정령의 주민들과 함께 미개척지로 옮겨갔다. 정령도 인간족을 포기한 것이다. 전승에 따르면 그 이유는 과거 인간족이 정령을 예속화할 수 있는 금술을 사용했기 때문이라고 했다.

따라서 현대 슈트랄 지방에서 정령은 마검 이상으로 희귀한 존재였다. 이 세상에는 정령이 존재하고 과거엔 정령을 이용한 강력한 비술이 존재했다는 문헌은 남아있지만, 지금은 잃어버린 고대 마술이었다.

설령 왕후 귀족이라 할지라도 일생 동안 정령을 보기는 힘들었다. 아직 슈트랄 지방에 사는 정령도 존재했으나, 정령 쪽에서 인간족에게 접근하는 일은 거의 없었다. 설사 모습을 드러냈다고 해도 어떠한 짐승으로 착각하는 경우가 대부분이었다.

아르마는 정령을 사람들 앞에 드러내는 것을 택했다. 인간형 정령인 아이시아라면 사람들 앞에 모습을 드러내도 사람으로 보였겠지만, 이프리타는 사자의 환수였다. 아니나 다를까 모습을 드러내자마자 괴물로 취급받고 있었다. 아르마가 불렀다는 것을 알고 있는 사람도 세리아밖에 없었다.

"쳇, 귀찮게 하는군……. 저 괴물, 혹시 네놈이 불러들인 거냐?"

정체가 정령이라는 것까지 눈치채지 못했지만, 루치는 이프리타를 사역하는 것이 아르마가 아닐까 의심했다. 아르마와 공격을 주고받으며 그가 물었다.

"……."

"다물겠다는 건가. 뭐, 이 상황에서 나타나 우리를 공격했다. 어쨌든 네놈들의 애완동물이라는 거겠지! 빠르게 처리해주마!"

"그렇게 둘 것 같습니까?"

아르마가 흡, 하고 있는 힘껏 메이스를 휘두르며 루치의 몸을 밀어냈다. 루치는 밀려난 순간 바로 물러나 능숙하게 기세를 죽였다. 곧바로 아르마가 앞으로 나와 메이스를 휘두르며 루치를 추격했다.

"쳇!"

루치가 혀를 차는 것과 동시에 칠흑 같은 검신에서 어둠이 왈칵 쏟아져 나왔다.

"윽?!"

아르마는 정체 모를 검은 어둠의 참격을 경계하며 즉각 마력을 메이스에 쏟아 부어 순수한 빛의 충격파를 쏘려했다.

"자앗!"

루치가 곧바로 앞으로 발을 내디디며 아르마의 메이스를 향해 검을 내리쳤다. 빛과 어둠이 서로의 위력을 상쇄해 나갔다.

"윽……."

하지만 어둠의 참격의 위력이 웃도는 것인지 빛의 충격파를 삼켜내며 아르마를 밀어냈다.

"너도 가능하면 생포하고 싶었는데…… 어쩔 수 없군."

엇비슷한 실력으로 검과 메이스를 부딪치던 두 사람이었지만, 아르마가 이프리타를 불러내 상황이 바뀌면서 루치도 대응을 바꾸려는 것 같았다.

"……나를 생포한다고?"

상대의 목적에 자신도 엮였을지도 모른다고 생각한 아르마가 의아한 표정을 지었다.

"흥……. 아쉽지만 이제 막 사용해서 아직 검의 능력을 다 다루진 못 하거든. 이상한 곳에 찔려도 원망은 마라."

루치는 검을 밀어붙인 상태에서 히죽 웃었다.

"무슨……?"

아르마는 수상하다는 듯 얼굴을 찌푸렸다. 그리고 곧 배 언저리에 느껴지는 불쾌한 마력의 전조에 의문을 느끼며 시선을 내렸다.

하지만 그 순간에는 이미 늦었다. 전조를 느낀 순간 바로 피하는 것이 정답이었다. 하지만 어쩔 수 없었다. 이는 완전히 맞을 수밖에 없는 일격이었다. 과거의 리오처럼 보자마자 알아차리고 처리하는 쪽이 비정상적일 정도로 악질적인 일격.

"어……?"

통증이 아닌 뜨거움이 느껴졌다. 아르마가 시선을 내리자, 칠흑의 검이 등 뒤에서부터 자신의 배에 꽂힌 것이 보였다.

"비켜."

루치가 서슴없이 아르마를 발로 차버렸다.

"으악?!"

뒤에서 검이 꽂힌 상태에서 앞쪽을 발로 차면 검은 더 깊이 꽂힐 수밖에 없었다. 참지 못한 아르마가 비명을 질렀다.

"이런, 미안."

루치는 비웃음과 함께 조금도 진심이 느껴지지 않는 사과를 했다. 다음 순간 아르마의 복부에 꽂혔던 검이 사라졌다.

"윽……."

아르마가 털썩, 그 자리에서 쓰러지고 말았다.

"심장엔 안 꽂혔으니 그나마 낫지만 지혈이 문제로군. 쳇."

루치는 지혈하는 수고를 생각했는지 아르마를 놔두고 그 대신 장벽 속에 있는 세리아를 쳐다보았다.

"아, 아르마!"

마력의 장벽 속에서 상황을 보고 있던 세리아가 비명을 질렀다.

"크아아!"

계약자인 아르마가 쓰러지자 이프리타도 분노의 외침을 토해냈다. 그대로 다른 용병들을 내버려둔 채 루치에게 달려들었다.

"쳇, 괴물은 나한테 맡기고 너희들은 빨리 장벽을 무너뜨려!"

루치는 이프리타와 대치할 수밖에 없었다.

"윽……."

아르마는 그 틈에 조용히 치유의 정령술을 사용해 지혈을 시작했다.

한편 저택 안.

아르마가 루치에게 찔리기 바로 직전의 일이다.

싸움에서 농성을 벌이는 쪽이 가장 의식해야 하는 것은

바로 시야 확보였다. 농성을 하면 건물의 보호를 받아 몸을 숨길 수 있지만 외부에서 접근해 오는 적에 대한 시야도 동시에 나빠진다.

적이 접근하는 상황에서 무방비 상태로 모습을 드러낸 채 계속 밖을 감시하는 것도 위험하지만, 적에게 발각될 것을 염려해 지나치게 몸을 숨기는 것도 좋지 않았다. 최악의 경우 적이 접근하고 있는 것을 모른 채 침입을 허락하게 될 수도 있었다.

다만 전투를 목적으로 실용성을 중시해 만들어진 요새가 아닌 이상 외부의 시야 확보나 적의 침입을 막는 것을 고려해 설계하지는 않는다. 그런 의미에서 미관 중심으로 지어진 리오의 저택은 농성하기에 그다지 적합하지 않았다.

"……."

현재 사츠키가 숨어 있는 응접실 바로 옆에는 기척을 죽인 벤 일행이 다가오고 있었다. 손 사인으로 의사소통을 하며 누군가 있을 법한 방의 창문을 일일이 들여다보며 안의 상황을 살폈다.

그리고 곧바로 원하는 방을 찾는데 성공했다. 실내에는 미하루와 사츠키의 모습이 보였다. 안쪽에는 세이프룸으로 통하는 문도 있었다.

──여기다.

용병 한 명이 손을 움직여 다른 이들에게 알렸다. 창밖에 있는 용병은 벤을 포함해 4명이었다. 그 자리에서 역할 분담까지 정하고는 말없이 돌입을 개시했다.

"《매직 배리어》."

용병 중 한 명이 주문을 외워 마법을 발동시켰고, 마력의 장벽을 앞세워 창문을 향해 돌진하기 시작했다. 그 순간이었다.

"하아앗!"

천장의 구석, 창문 위에 붙어있던 라티파가 방어가 텅 빈 용병의 머리 위에서 마력 에너지탄을 내려쳤다.

"윽?!"

용병은 육체를 강화한 상태였음에도 정수리에 공격을 받아 졸도를 면치 못하고 그대로 바닥에 쓰러졌다.

다만 미리 대기하고 있을 가능성도 고려하고 있었을 것이다. 처음 한 명이 당한 정도로는 바깥의 용병들도 당황하지 않고 빠르게 대처했다.

"창문 위다!"

"《포톤 배럿》."

용병 중 한 명이 창문 위를 노려보며 벽 너머에 있을 라티파를 제거하려 했다.

"꺅."

순간적으로 창가에서 떨어진 라티파가 빙글 돌아 실내 바닥에 착지했다.

"적이 왔어! 미하루는 방으로 들어가!"

"네, 네!"

응접실에 있던 미하루는 사츠키의 지시에 신속하게 세이프룸으로 향했다.

적이 방 밖에서 습격해 올 수 있다는 것은 당연히 사츠키도 경계하고 있었다. 모두가 세이프룸에 숨어 있으면 응접실에 있는 모습은 보이지 않았겠지만, 창문으로 입구가 훤히 들여다보이는 이상 세이프룸까지 확인하러 들어올 수 있었다. 그래서 군이 응접실에 있는 모습을 보이기 위해 미하루에게도 도움을 받아 무방비 상태처럼 보이도록 했다.

"다음!"

《매직 배리어》.

다른 용병이 마력의 장벽을 전개하며 재돌입을 시도했다.

"그렇겐 못 하지!"

하지만 그곳에는 신장인 창을 겨눈 사츠키가 기다리고 있었다. 물질화된 마력으로 코팅된 바람의 탄환을 창끝으로 쏘아 앞장선 용병의 마력 장벽에 맞췄다.

"으악!"

공격을 당한 용병은 가볍게 몇 미터나 날아가며 저택 밖으로 밀려나 버렸다.

"들어가, 들어가!"

하지만 벤과 다른 한 명이 실내로 이어서 침입했다.

"하아앗!"

가장 먼저 나선 사람은 라티파였다. 양손에 단검을 들고 침입해 온 한 명에게 덤벼들었다.

"쳇, 어이쿠……."

용병은 재빠르게 검을 겨눠 라티파의 공격을 막아냈다. 그 후에도 라티파가 몇 차례 단검을 휘둘렀지만 그 역시 모두 받아넘겼다.

"……."

라티파는 가볍게 후퇴해 1미터 정도의 거리를 두고 용병과 대치했다. 그 표정은 굳은 채였고 단검을 쥔 손은 조금 떨리고 있었다.

"빠르군. 하지만……."

용병은 라티파가 살생 경험이 적거나 혹은 기피감을 느낀다는 것을 금세 간파했다.

"방심하지 마. 밖에 있는 기사들보다는 벅찰 거다."

벤은 사츠키와 대치하며 라티파를 상대하는 사내에게 주의를 주었다.

"알아. 그래서 누가 타깃이야?"

라티파와 대치한 용병의 얼굴에서 얕보던 기색이 사라졌다.

"안쪽에 있는 녀석이면 누구든 상관없어. 이 녀석들은 방해만 될 것 같으니 제거한다."

"알았어."

필요한 정보를 공유한 두 사람은 완전한 임전 태세에 들어갔다.

"남의 집에 흙 묻은 발로 들어와서는……."

그때, 사츠키가 가늘게 몸을 떨며 중얼거렸다.

"뭐?"

벤이 의아스러운 듯 눈살을 찌푸렸다.

"사양할 필요는 없겠지? 정당방위니까!"

"핫, 대체 뭘……, 우왁."

사츠키가 급가속하여 벤에게 접근하더니 그대로 창을 힘껏 내리쳤다.

"하아아앗!"

벤은 반사적으로 검을 써서 창을 받아쳤지만 사츠키는 벤의 몸 전체를 향해 창을 계속 휘둘렀다. 사츠키의 분노에 호응한 것인지 신장에 의한 신체 강화가 마검 모조품으로는 맞설 수 없을 정도로 현격한 차이를 보였다.

"큭……."

벤의 몸이 거세게 뒤로 날아갔다. 그대로 방 창문에 부딪히더니 저택 밖까지 날아가 버렸다.

"진짜냐……. 윽, 괜찮아, 벤?!"

실내에 남겨진 용병이 밖을 향해 외쳤다.

"아, 그래!"

벤이 휘청휘청 일어나며 소리쳤다. 다소의 충격은 입었지만 공격 자체는 검으로 막아낸 것이 정답이었다. 넘어질 때에도 순간적으로 낙법을 취한 것 같았다.

"너도 빨리 나가!"

사츠키는 실내에 남은 또 다른 용병에게도 덤벼들었다.

"쳇."

이대로 실내에 머무는 것은 불리하다고 판단한 것인지 사내는 일단 창밖으로 물러났다.

"놓치지 않겠어!"

곧바로 사츠키도 창밖으로 치고 나갔다.

"괴, 굉장해, 사츠키 언니……."

순식간에 일어난 일련의 흐름에 라티파는 어안이 벙벙했다. 하지만 곧 황급히 창문으로 달려가 바깥의 전황을 확인했다.

'역시 이프리타가 나왔어! 아, 아르마 언니!'

이프리타가 날뛰고 있다는 것은 소리로 어렴풋이 눈치채고 있었다. 라티파가 본 것은 루치에게 달려드는 이프리타의 모습과 그런 아르마를 안고 달리는 루이즈의 모습이었다.

한편, 레이스는 그리핀으로는 도달할 수 없을 만큼의 아득한 상공에서 광탄으로 알레인 일행의 공전부대를 지원하며 지상의 싸움을 관전하고 있었다.

아무리 탄도를 조작할 수 있다지만 거리가 멀어 원하는 대로 명중시키긴 힘들었다. 그럼에도 공전기사들을 견제하는 데는 충분했다.

'새 형상을 한 중위 정령이 있다는 건 알고 있었지만, 설마 그밖에도 중위 정령과 계약한 자가 있었다니…… 역시 미개척지의 아인이라고 생각하는 게 맞겠지.'

레이스가 아르마의 정체를 짐작했다.

리오가 크리스티나를 로다니아로 호송할 때 새의 중위 정령이 주변을 감시했다는 사실은 레이스도 파악했다.

'루치한테 그 검을 들게 하는 게 정답이었군요. 저 검은 정령과 궁합이 좋지요. 중위 정령이라도 뒤지는 일은 없을 겁니다. 조금 애를 먹긴 하는 것 같지만…… 그리고 밖에는 보이지 않는 다른 두 사람.'

이때 레이스의 머릿속에 떠오른 것은 사라와 오피아였다. 아르마가 사자 중위 정령과 계약한 이상 두 사람 중 어느 한 사람이 새의 중위 정령과 계약했을 것이라 생각한 것이다.

'세 명 중 두 명이 중위 정령과 계약했으니 나머지 한 명도 가능성이 있겠군요…… 새 중위 정령이 나올 것 같으면 내가 대처하면 되지만, 지상에 다른 중위 정령이 나오면 성가셔지는데.'

한 사람이 남의 눈을 꺼리지 않고 정령을 실체화시킨 이상, 두 번째와 세 번째가 언제 등장해도 이상하지 않았다. 흐음, 하고 신음한 레이스는 저택 부근의 움직임에 주목했다.

천상의 사자단 용병들도 숙련된 전사들이었다. 특별한

능력은 없지만 모두가 마법보다 더 강한 신체 강화가 가능한 마검 모조품을 보유하고 있었기에 집단으로 달려들면 중위 정령들과 싸우는 것도 충분히 가능했다. 무엇보다 루시우스의 복수전이라는 명분 덕에 천상의 사자단 용병들은 잘 움직여주고 있었다.

하지만 리오와 아이시아라는, 가장 경계해야 할 최강인 두 명이 없다 해도, 리오 주위에 있는 자들이 뛰어난 것도 사실이었다. 저택 밖에서는 새로운 중위 정령이라는 강력한 비장의 카드도 나왔고, 조금 전에는 벤이 용병 세 명을 내리고 저택의 창문을 통해 실내로 침입을 시도했지만 고전하는 것이 보였다.

각지에서의 전황은 시시각각 변하고 있었다.

그때였다.

'왕도 밖에 정령의 기척이? 이건…… 두 번째 중위 정령인가? 왜 왕도 밖에?'

아득한 발치 아래 리오의 저택 부근을 내려다보던 레이스가 날 선 시선을 왕도 밖으로 향했다. 그리고 얼마 지나지 않아 왕도에서 수 킬로미터 떨어진 산간 지방 방면에서 몸길이 수 미터의 거대한 새가 다가오는 모습이 시야에 담겼다.

'……그가 얽히면 도무지 계산대로 되지 않는군요. 어쩔 수 없습니다. 이쪽도 쓸 수 있는 패는 확실히 써둬야겠죠. 그리고 지상에 남아있는 레버넌트 일부를…….'

레이스는 일단 알레인 쪽의 지원을 중단하고 지상으로 손을 향했다. 하지만 겉으로 봤을 때는 특별히 뭔가 달라진 것은 없었다. 그대로 몇 초 후, 레이스는 왕도 밖을 향해 비행을 시작했다.

지상에 있는 레버넌트 일부가 리오의 저택을 향해 일제히 달리기 시작한 것은 그 직후의 일이었다.

【 제 4 장 】 ❖ 역전에 역전

루치는 이프리타를 상대하고 있었다. 보다 정확하게는 세리아가 전개한 마력 장벽 주위를 맴도는 이프리타를 붙잡기 위해 쫓아다니고 있었다.

"도망가지 마, 이 짐승 자식!"

그렇게 외친 루치는 이프리타를 향해 어둠의 참격을 발했다.

"그우우!"

몸길이가 몇 미터나 됐지만 이프리타는 사자였다. 움직임이 날렵할 수밖에 없었다. 공격을 피해 순식간에 멀어져 버린다.

하지만 도망치는 데 전념하는가 하면 또 그렇지도 않았다.

"크아우!"

루치가 이프리타를 무시하고 세리아가 전개하는 마력 장벽을 공격하려고 하면 이프리타는 루치를 태워 죽이겠다는 듯 입에서 작열하는 불을 뿜었다.

"쳇……."

루치는 검을 휘둘러 칠흑의 참격으로 자신에게 다가오는 불길을 삼켜버렸다.

"크르르……."

이프리타는 루치가 쏘아내는 칠흑의 참격을 상당히 경계

하는지 제대로 대치하지 않고 회피에 무게를 두고 있었다. 루치가 조급함에 이프리타를 무시하고 타인을 공격하려 하면 방해를 했고, 여유가 있으면 마력 장벽을 공격하는 용병들에게도 공격을 가했다. 그런 탓에 용병들도 마음대로 장벽을 공격하지 못하고 대치만 하는 상태가 이어졌다.

'이 녀석을 계속 상대하면 이쪽의 마력이 먼저 소진될지도 모른다. 그게 목표인가? 어쩌지? 검신을 전이한다 해도 지금의 나로서는 이 녀석의 움직임을 파악할 수 없어. 이 녀석이 멈춰있는 상태에서 바로 근처까지 다가가야 하는데…….'

싸움이 길어지면 불리한 쪽은 루치였다. 이렇게 된 이상 이프리타와 제대로 싸우는 걸 피하거나 재빠르게 처리해 버려야 했지만 결정적인 수가 없었다. 그렇게 루치와 용병들은 이프리타의 움직임으로 인해 장벽 공격을 중단하고 있었다.

"아르마……."

세리아는 긴장된 얼굴로 조금 떨어진 곳에서 누워있는 아르마를 도울 방법은 없을지 궁리했다.

"제가 구하러 가겠습니다."

장벽 앞쪽에서 진을 치고 있던 기사들을 이끄는 루이즈가 바로 뒤에 선 세리아에게 속삭였다.

"루이즈 씨?"

"도우러 간다면 적이 혼란스러워하는 지금밖에 없습니다."

"하지만⋯⋯."

세리아는 망설였다. 이프리타가 날뛰고 있다고는 해도 10여 명의 용병이 장벽을 에워싸고 있는 것도 사실이었다. 루이즈 쪽은 마법으로 신체 능력을 키워봤자 용병들의 움직임에 대처할 수 없다. 자칫하다가는 이번엔 루이즈 일행이 무너질지도 모른다는 걱정이 앞섰다.

처음 한 명은 불시의 공격으로 쓰러뜨릴 수 있었지만, 지금은 루시우스의 마검을 장비한 루치가 이프리타를 쫓아다니는 바람에 다른 용병들의 움직임에도 여유가 생기고 있었다. 아르마가 쓰러진 곳은 세리아가 전개한 장벽에서 불과 10미터도 되지 않는 위치였지만, 이 상황에서는 더 멀게만 느껴졌다.

"현재까지 저희는 한 것이 없습니다. 여기까지 싸워주신 아르마 님과 세리아 님을 위해서라도 이 정도는 할 수 있게 해주십시오. 목적을 위해 위험을 감수하는 것이 기사의 직무입니다."

굳건한 의지를 담은 눈으로 루이즈가 결연히 호소했다.

"알겠습니다. 그럼 부탁할게요."

세리아는 잠시 머뭇거렸지만 얼마 후 고개를 끄덕였다.

"명을 받듭니다. 너희들, 타이밍을 봐서 내가 혼자 치고 나간다. 내가 밖으로 나가면 내게 접근하는 자를 향해 마법을 쏴라. 나는 이동과 회피에만 집중하겠다."

루이즈는 부하들에게 지시를 내리자마자 "《인챈트 피지

컬 어빌리티》라고 주문을 외우며 마법을 발동시켰다. 그리고 한동안 용병들의 동태를 살폈다.

"지금이다!"

아르마가 설치해둔 차폐물을 뛰어넘어 장벽 전방으로 뛰쳐나온 루이즈가 쓰러진 아르마 곁으로 곧장 나아갔다. 그것을 가장 먼저 깨달은 것은 루치였다.

"뭐야?"

루치는 도망가는 이프리타를 공격하는 것을 잠시 멈추고 루이즈를 제거하기 위해 검날에 마력을 집중했다.

"그르륵!"

하지만 루이즈의 의도를 정확하게 알아차린 것일까. 계약자인 아르마를 지키기 위해 이프리타는 루치를 향해 화염을 토해냈다.

"칫……."

루치는 검을 휘둘러 검날에서 검은 어둠을 드러내 다가오는 화염을 막았다. 그 사이 루이즈는 아르마 곁에 도착해 부상당한 몸을 빠르게 안아 들었다.

"윽……, 죄송, 합니다."

아르마가 고통스러운 얼굴로 사죄했다. 정령술을 써서 자력으로 지혈은 끝냈지만 깊은 상처를 입은 상태에서는 정령술의 발동이 안정적이지 못했다. 이미 상당량의 피를 잃은 것인지 표정에 생기가 없었다.

"상관없어, 죽여라!"

다른 용병들이 루치와 가세해 루이즈에게 덤벼들었다.

"《포톤 배럿》."

하지만 장벽 속에 포진한 기사들이 마법을 쏴서 훼방을 놓았다. 아르마의 구출을 위해 모두가 힘을 합쳤다.

'……역시 이 괴물은 기사들을 덮치지 않아. 그렇기는커녕 이 괴물도 저 괴력 소녀를 보호하려는 것 같군. 그렇다면……!'

루치는 이프리타가 아르마를 지키기 위해 움직인다는 것을 확신하고 한 가지 묘안을 떠올렸다.

그 직후, 루치는 아르마를 안고 달리는 루이즈에게 달려가는 것을 택했다. 여기서 방해하는 이프리타를 굳이 무시하기로 택한 것은 노련한 용병 생활로 쌓아 올린 루치의 후각이자 감이었다.

두 사람의 달리기 속도 차는 족히 배는 되었다. 몇 미터나 되던 루치와 루이즈의 거리가 순식간에 메워졌고, 루치는 어둠의 에너지를 감싼 칠흑의 검을 휘둘렀다.

이렇게까지 접근한 이상 이프리타도 화염을 토해 방해할 수 없었다. 루이즈까지 휘말리게 해서 불태울 수 없기 때문이었다.

"크아!"

이프리타가 루치를 저지하기 위해 달려들었다.

"당연히 그렇게 나오겠지!"

루치는 기다리고 있었다는 듯 미소를 지으며 루이즈에

서 이프리타를 향해 방향을 바꿨다.

그 순간 이프리타도 루치를 물어 죽이기 위해 입을 열었다.

"받아라아아앗!" "이프리타!"

루치의 검에서 뿜어진 암흑의 충격파가 이프리타의 거구를 휘감았다. 그 광경을 본 세리아는 저도 모르게 비명을 질렀다. 하지만 이프리타가 남긴 성과도 분명히 있었다.

"큭……!" "윽……."

루이즈는 장벽 앞쪽에 세워진 흙벽을 뛰어넘어 구르듯 쓰러졌다. 아르마의 몸도 털썩 땅바닥에 나뒹굴었다.

"이프리타라면 괜찮을 거예요……."

아르마는 세리아에게 그렇게 말하고는 그대로 의식을 잃었다.

"부상 입은 괴력 소녀보다 괴물 퇴치를 우선하는 게 당연하지."

루치가 킬킬 유쾌한 웃음을 흘리며 이프리타를 죽인 결과를 만끽하고 있었다.

"……이봐, 벤! 애송이 여자 한 명한테 너무 밀리는 거 아니냐. 도와줄까?!"

그리고는 저택 옆에서 비틀거리는 벤에게 외쳤다.

루치가 이프리타를 쓰러뜨리기 바로 직전, 벤이 저택 응접실에서 사츠키의 공격을 받아 창문에서 요란하게 날아가 넘겨졌다.

조금 늦게 동료 용병과 신장인 창을 든 사츠키가 기세등

등하게 뛰어나오는 모습도 보였다.

"닥쳐! 네 담당은 그쪽이잖아!"

벤이 초조한 목소리로 소리쳤다. 한 명은 저택에 돌입할 때 라티파의 공격을 받아 기절하고 말았지만, 아직 벤을 포함한 세 명은 건재했다. 그들은 셋이서 저택에서 뛰쳐나온 사츠키를 에워싸듯 진을 쳤다.

"다들……."

세리아가 전개한 마력 장벽을 둘러싼 용병들, 장벽 속에서 의식을 잃고 쓰러진 아르마. 사츠키는 저택 밖에 펼쳐진 광경에 말을 잇지 못했다.

"왜…… 왜 이렇게 잔인한 짓을 하는 거야?! 대체 뭐야, 너희들?! 이제 그만 해!"

사츠키가 용병들을 노려보며 분통을 터뜨리듯 소리쳤다.

"핫."

용병들은 서로 얼굴을 마주 보며 사츠키의 분노가 이 자리에 어울리지 않는다는 듯 비웃었다.

"하루토라는 놈이 우리 단장을 죽였다. 그러니 너희들을 인질 삼아서 놈에게 보복한다. 멋대로 하게 놔둘 순 없지."

사츠키의 의문에 그녀 앞에서 대치하던 벤이 답했다.

"하루토가? 그건 혹시……! 무슨 소리야! 애초에 당신들의 단장이 하루토의 부모님을 죽였잖아! 크리스티나 공주와 플로라 공주도 납치했어! 그래서 하루토는 두 사람을 지킨 거야. 처음에 나쁜 짓을 한 건 당신들이잖아!"

역으로 분노하는 것이 아니냐며 사츠키가 논리적인 주장을 펼쳤다.

"알 게 뭐야!"

하지만 벤은 완전히 정색한 얼굴로 무작정 일축해버렸다.

"그게 뭐야……."

"우리는 당하면 다시 갚아줄 뿐이다. 당하기 싫으면 무슨 짓을 당해도 받아치지 마. 그게 전부라고."

우리에게 당하고 싶지 않으면 피해는 모두 감내해라, 정당방위조차 용서 못 한다, 그러니 단념해라, 라고 말하는 것이나 다름없었다.

"……어떻게 그런 끔찍한 생각을 할 수 있어?"

너무나도 다른 가치관에 사츠키는 할 말을 잃었다. 그나마 간신히 짜낸 것이 그런 의문이었다.

"끔찍해? 그 녀석도 우리랑 동류잖아. 당하면 되갚아주는 족속들 말이야."

그러니 단장에게 복수를 한 것이라며 벤은 말했다.

"아니. 하루토는 당신들과는 전혀 달라."

울컥한 사츠키가 반박했다.

"다르지 않아."

"아니, 달라! 하루토는 때로 자신의 행복을 버리고서라도, 소중한 사람을 위해 양보할 수 없는 것을 지키려고 하는 사람이야. 너희들과 하루토는 달라."

"자신의 행복을 버리고서라도 양보할 수 없는 걸 지킨

다? 별 웃긴 농담도 다 있군. 여자에게 둘러싸여 이 집에
서 희희낙락 살고 있잖아? 행복한 인생이잖아? 그런 걸 용
서 못 하겠다는 거야. 너희를 보고 있으니 그 녀석의 행복
한 삶을 더 엉망진창으로 만들고 싶어졌어."

그렇게 말한 벤이 한발 한발 다가섰다.

"그렇게 놔둘 리가 없잖아!"

"그럼 그 행복을 지키기 위해 여기 있는 우리 모두를 몰
살하면 되겠군. 그런 무른 소리를 해대는 네가 우릴 죽일
수 있을지, 그리고 그걸로 행복해질 수 있을지도 모르겠지
만 말이지!"

"으⋯⋯."

사츠키의 분노는 정점에 달했다.

더는 말이 없어진 그녀가 돌연 무표정으로 변했다. 하지
만 입술은 떨렸고 창을 쥔 손에는 힘이 들어가 있었다. 완
전한 임전 태세로의 돌입이었다. 그때였다.

"나도 싸울게, 사츠키 언니!"

라티파가 사츠키 옆에 나란히 섰다.

"저희도 동행하겠습니다."

그 밖에도 응접실 창문에서 미하루, 샤를로트, 크리스티
나, 플로라, 바네사가 걸어 나왔다.

"스즈네, 그리고 다들 어째서⋯⋯."

어째서 세이프룸에서 나온 것인가. 위험하니까 돌아가
라는 듯 사츠키가 크게 당황하며 그들을 바라보았다.

"여기에 온 것은 여자로서의 고집입니다. 라는 건 반쯤 농담이지만, 이야기는 들었습니다. 가르아크의 왕녀로서 이렇게나 천박한 치들을 언제까지고 내버려 둘 수는 없었기에 나왔습니다."

샤를로트가 미소지으며 말했다.

"핫, 귀엽게 생겨서 말투는 험한 꼬마로군. 그나저나 인질을 잡으러 온 적 앞에 나타나도 되는 건가? 그쪽에 있는 건 벨트람 왕녀 두 명인 것 같은데."

벤은 크리스티나와 플로라에게 시선을 향하며 일부러 악의가 담긴 냉소를 지었다.

"어머, 인질극을 벌이지 않으면 하루토 님 앞에 나서지도 못하는 비겁한 겁쟁이들을 왜 두려워해야 하는 거죠?"

화술로는 샤를로트도 지지 않았다.

"뭐라고……?"

아픈 곳을 찔린 것인지 벤이 인상을 확 찌푸렸다.

"정보의 출처는 모르겠으나 지금 이 성에 하루토 님이 안 계신 것을 알고 이 나라에 온 거겠죠? 대국인 우리나라도 두려워하지 않는 소행. 역시 초일류 용병단이라 불릴만하지만, 반대로 보면 그만큼 하루토 님을 두려워한다는 것. 그렇다는 건 비겁자도 저 나름의 안목은 있다는 걸까요?"

샤를로트는 고혹적인 미소를 띠며 사츠키에게 물었다. 그걸로 조금은 독기가 빠진 것 같았다.

"아니, 나한테 물어도……. 하지만 확실히 그러네. 하루토를 상대하는 것보다 지금 이 성에 있는 모두를 상대하는 게 편할 거라고 생각한 거겠지. 꽤나 얕보인 것 같아."

사츠키는 평소의 그녀다운 여유로운 미소를 되찾았다.

"네. 그러니 한번 보여주지 않겠어요? 잡을 수 있으면 잡아보라고요."

그러면서 샤를로트가 눈앞에 선 습격자들을 도발했다.

"핫, 재미있게 돌아가는데, 벤?"

루치가 다가와 사츠키 일행과 대치했다.

"내가 말했지. 네놈 담당은 저택 밖이라고."

"여기도 저택 밖이잖아. 게다가 적당한 타깃 후보들이 줄줄이 행차하셨다고. 건방진 소리도 지껄였겠다, 상황을 알게 해줘야지. 뒤에서 장벽을 친 꼬마 마도사 쪽이라면 인원도 충분할 테고."

아르마가 쓰러지고 이프리트도 사라진 지금 세리아가 펼친 마력의 장벽을 밖에서 지키는 사람은 아무도 없었다. 그 안에 남은 것은 세리아와 루이즈를 비롯해 마법에 의한 신체 능력 강화밖에 할 수 없는 기사 7명뿐이었다.

보다 강력한 신체 강화가 가능한 용병 쪽이라면 세 명 정도로 어렵지 않게 제압할 수 있을 것이다. 루치가 말한 대로 인원수라면 충분했다.

"……근데 진짜 어떻게 하려고? 허세를 부리긴 했지만 움직이면서 싸울 수 있는 건 나랑 스즈네, 바네사 씨뿐이야. 상대가 무리하게 공격하면 지키기 힘들 텐데 크리스티

나 공주랑 플로라 공주까지 데려오면…….”

괜찮은 거야? 하고 사츠키가 소리를 낮춰 샤를로트에게
물었다.

“아마카와 경에게는 큰 은혜를 입었고, 따지고 보면 저
와 플로라와의 유괴에도 이 남자들이 관련되어 있습니다.
만일의 경우엔 앞장서서 싸우는 것 역시 귀족의 의무. 미
력하나마 싸우겠습니다.”

“네! 하루토 님을 위해 열심히 할게요!”

그러니 이쪽은 신경 쓰지 말라며 크리스티나가 의연하
게 말했다. 플로라도 기분이 고양된 것인지, 혹은 리오가
엮인 문제라 그런지 어느 때보다 의욕이 넘쳤다.

“뭐, 안심하세요. 들어보니 미하루 님과 스즈네 님에게
계책이 있다고 하니까요.”

샤를로트가 옆에 선 미하루를 힐끗 쳐다보며 말했다.

“스즈네랑…… 미하루한테?”

사츠키가 설핏 불안한 얼굴로 미하루를 보았다. 미하루
가 남과 잘 싸우지 못하는 성격이라는 것을 잘 알고 있었
기에, 오래 사귄 만큼 도저히 미하루가 싸우는 모습이 그
려지지 않았기 때문이었다.

“네, 맡겨주세요…….”

미하루는 약간 긴장된 표정이었지만 강한 의지를 보이
며 고개를 끄덕였다.

“내가 신호하고 미하루 언니가 행동을 시작하면 전투 개

시야. 사츠키 언니랑 나는 전위. 공주님들은 뒤에서 마법으로 엄호해 주세요. 적이 다가올 것 같으면 마법으로 장벽을 쳐주시고요. 괜찮을까요?"

라티파가 대치한 용병들을 빠짐없이 바라보며 모두에게 말을 걸었다.

"······응, 알았어."

미하루가 아직 마음에 걸리는 것 같았지만, 사츠키도 고개를 끄덕였다.

"네, 맡겨주세요. 조금 설레기 시작했어요."

이런 경험은 처음일 텐데, 믿음직스럽게도 샤를로트는 이 상황을 즐기는 듯했다.

"저희도 이건 없습니다."

"네!"

크리스티나와 플로라에게서도 대답이 들려왔다.

"그럼, 갑니다······!"

그렇게 말하고 가볍게 심호흡하는 라티파. 그리고 외쳤다.

"지금이야, 헬!"

"크릉!"

그 순간, 등에 미하루를 태운 형태로 사라의 계약정령인 백은의 거대한 늑대가 나타났다.

"뭐얏?!" "아직도 괴물이 있었어?!"

순간적으로 루치와 벤 일행의 몸이 경직됐다.

"가자, 헬!"

미하루가 등을 꼭 껴안자 헬이 눈에 띄지 않을 정도의 속도로 질주하기 시작했다.

"미하루!" "세리아 씨!"

그대로 용병의 틈을 비집고 들어가 세리아가 펼쳐놓은 마력 장벽 앞으로 이동했다.

"윽, 미하루 님을 데려와라!"

헬의 등에서 내린 미하루는 여기사들의 도움으로 차폐물 암벽을 넘어 장벽 안으로 들어갔다. 참고로 이쪽은 이쪽대로 사츠키의 전투 개시와 동시에 마력 장벽을 부분적으로 해제해서 기사들이 튀어 나갈 계획을 세우고 있었는데, 미하루가 오면서 계획은 무산되었다.

하지만 여기사들 대신 헬이 참전하면서 상황이 호전되었다.

"어, 어떻게 된 거야?"

세리아가 당황해 물었다.

"이프리타를 다시 실체화할게요."

"그, 그게 가능해?"

"네, 실체화에 필요한 마력만 다듬어서 공급하면요."

미하루가 확신에 찬 어조로 고개를 끄덕였다.

영체화 되어 있기만 하면 물리적인 사상에 의한 영향은 일절 받지 않는 것이 정령이지만, 실체화해 있는 상태라면 외상을 입을 수 있었다. 외상을 입은 상태에서 치유 없이 실체화를 유지하면 신체 기능이 떨어지고, 한계까지 육체에 상처를 입으면 실체를 유지할 수 없게 되어 결국 사라지는데, 이로 인해 죽지는 않는다.

강제로 영체화될 뿐이었다. 필요한 마력만 염출할 수 있다면 다시 상처가 아문 상태로 실체화할 수 있었다.

문제는 그 마력 염출을 어떻게 하느냐였다. 마법도 정령술도 현실을 변화시켜 부자연스러운 현상을 더 많이 일으키려고 하면 할수록 필요한 마력량은 늘어난다. 영적 존재인 정령이 실체화하여 몸을 얻은 상태는 본래 지극히 부자연스러운 상태였다.

그래서 정령은 실체화하여 육체를 입는 순간 상당량의 마력을 소비한다. 상처 입은 정령을 다시 상처 없이 실체화하려면 필요한 마력은 더욱 치솟았다.

그렇기에 계약자가 없는 정령은 시간을 들여 자력으로 마력을 축척하는데, 계약자가 있는 정령이라면 계약자에게 마력을 공급받아 순식간에 마력회복이 가능했다. 그리고 아이시아와 같은 인간형 정령이라면 정령 쪽에서 자유롭게 계약자와의 패스를 통해 필요한 마력을 뽑아내 조정할 수 있었다.

하지만 이프리타와 같은 중위 정령은 그렇게 할 수 없었기 때문에 계약자 측에서 필요한 마력량을 조정해 매번 공급해줘야 했다. 지금의 아르마는 정신을 잃었기에 마력을 조절하지 못했다.

"제가 이프리타에게 마력을 공급했어요. 듣고 있, 지?

갈게……."

그렇다면 미하루가 일시적으로 가계약을 맺고 실체화에 필요한 마력을 조정해 이프리타에게 공급해주면 될 일이었다.

가계약을 하려면 정령측이 그것을 받아들여야 하지만, 아르마와 신뢰를 쌓은 미하루가 상대였으니 아무 문제가 없었다.

확실히 순수한 전투 능력으로만 치자면 미하루가 바위 집에 사는 사람들 중 현재까진 가장 약하다. 하지만 마력량으로만 보면 미하루는 리오에 이어 두 번째로 많았다. 그야말로 헬이나 이프리타가 몇 번이나 상처를 입고 영체화해도 몇 번이든 실체화할 수 있을 정도로.

문제가 있다면 가계약의 경우 계약자와 정령이 거의 제로 거리에 있어야 마력을 공급할 수 있다는 것 정도일까.

"크르륵!"

이프리타가 마력 장벽 밖에서 완전하게 부활했다. 헬과 이프리타. 두 명의 중위 정령이 참전하며 가르아크 왕성에서의 전투는 또다시 고비에 접어들게 되었다.

과거 루시우스가 사용했던 칠흑의 마검을 장비한 루치. 그리고 성능은 고대에 만들어진 일급 마검엔 미치지 못하

지만, 신체 능력 강화 마법보다 더 강력하게 신체를 강화할 수 있는 마검 모조품을 장비한 용병들이 벤을 포함해 열셋.

한편, 그런 그들과 근접전에서 대항할 수 있는 것은 신장을 갖춘 사츠키와 정령술로 신체 강화가 가능한 라티파뿐. 아르마는 아직도 의식을 잃은 채 세리아가 펼쳐둔 마력 장벽 아래 누워 있었다.

바네사는 마법을 통한 신체 능력 강화밖에 할 수 없었기에 홀로 마검을 장비한 용병을 제압하는 것은 어려웠다. 세리아가 펼친 마력 장벽 안에 있는 루이즈를 포함한 샤를로트의 호위기사 7명과 협력한다 해도 연계에 따라서 용병 세 명 정도로 제압할 수 있을 것이다.

세리아, 미하루, 크리스티나, 플로라, 샤를로트는 완전히 후위에 특화된 마도사와 정령술사였기에 전위에 특화된 전사들과는 거리를 두고 싸우는 것이 정석이었으나, 그렇게 하기엔 전위가 될 자가 너무 적었다.

그것이 루치와 벤의 판단이었다. 하지만 헬과 이프리트의 참전으로 인해 그 판단은 무너질 수밖에 없었다.

"으억?!" "빨라!"

헬과 이프리타는 저택 앞을 종횡무진하고 있었다.

어느 쪽이든 한 마리였다면 회피에 전념해서 어떻게든 넘길 수 있었으리라. 마검으로 신체를 강화하면 움직임을 파악해 그나마 반응할 수 있기 때문이었다.

하지만 두 마리가 동시에 들이닥치니 손 쓸 도리가 없었다. 어느 한쪽의 공격을 파악했다고 생각하면 다른 한쪽이 그것을 보고 교묘히 공격해 왔다. 두 마리의 호흡이 어찌나 척척 맞는지 교묘한 연계를 통해 사냥을 하고 있었다.

용병단의 사내들은 제대로 놀아나고 있었다. 이미 세 명의 용병이 돌격에 맞아 전투 불능 상태에 빠졌다.

섣불리 움직이면 방해가 될 것 같았고, 공격마법을 쓰면 헬과 이프리타가 맞을 수 있었기에 사츠키나 라티파 쪽도 완전히 두 마리의 중위 정령에게 싸움을 맡긴 상태였다.

대신 샤를로트 쪽을 확실하게 지킬 수 있었다. 그렇다 해도 사츠키와 루치 일행이 싸울 가능성이 제로는 아니었다.

"검은색 검을 가진 사람을 조심해! 저 검이 쏘는 어둠의 참격이 이프리트의 화염을 일방적으로 삼켜버렸을 정도예요! 그리고 다른 능력이 또 있을지도 모릅니다! 근접전을 하고 있을 때 깨닫고 보니 아르마가 검에 찔린 상태였어요! 칼날이 전이된 걸지도 몰라요."

세리아가 빛의 벽 안에서 큰 목소리로 사츠키와 라티파에게 루치의 검에 대해 신신당부했다.

'……칼날이 전이를 해? 설마 저 검……'

이프리타나 헬의 정체에 대해서도 알지 못하는 크리스티나는 아군임에도 당황했다. 하지만 세리아의 설명을 듣고 나니 루치가 손에 든 칠흑의 검에 강한 기시감을 느꼈다. 자신과 플로라가 납치됐을 때 루시우스가 리오를 잔인하게 괴롭힌 검이었기 때문이다.

"윽, 저 검은색 검, 루시우스라는 용병이 쓰던 검이에요! 상당히 떨어진 위치에서도 우리를 사방팔방에서 베려고 했어요! 검날이 검에서 사라지고 베려는 곳에 저 검이 뿜어내는 어둠이 나타납니다! 사용하는 본인 자신의 전이도 가능하니 저 남자가 없는 곳에서도 빈틈이 없는지 주의하세요!"

크리스티나는 깜짝 놀라며 곧바로 알고 있는 정보를 쏟아내듯 알렸다. 당장이라도 루치가 그런 능력을 사용한다면 상당히 곤란할 것이라 생각했기 때문이다.

"네, 네에?!"

"너무 무섭잖아!"

"윽."

성가시기 그지없는 능력이었다. 특히 라티파, 사츠키, 바네사, 그리고 장벽 안에 있는 루이즈를 포함한 기사들이 강하게 경계하며 주변에 어둠이 드러나지 않는지 살폈다. 가장 먼저 검에 베인다면 움직임이 빠른 두 마리의 정령보다 각개 격파당하기 쉬운 그들일 것이기 때문이었다. 하지만 그럴싸한 그림자는 보이지 않았다.

"칫……."

루치는 원망스러운 눈빛으로 세리아와 크리스티나를 바라보았다. 마검의 능력이 정확하게 간파되었기 때문이었다.

'그 능력을 썼으면 진작에 우리 중 누군가를 잡을 수 있

었을 텐데 거의 사용하지 않고 있어. 어째서지……?'

세리아는 그 이유를 고민했다. 생각할 수 있는 가정은 루치에게 마검이 적합하더라도 능력을 끌어내는데 마력이 부족하거나, 혹은.

"이 전투 중에 본인은 한 번도 전이한 적이 없습니다! 아르마를 등 뒤에서 찌른 것도 격렬한 전투를 하고 있었을 때 한 번뿐……. 최근 사용하기 시작했다면 마검의 힘을 아직 잘 다루지 못할 수도 있어요! 얼마든지 능력을 사용할 타이밍이 있었으니까요!"

그럴 가능성이 컸다.

'빌어먹을…….'

실제로도 정곡이었는지 루치가 얼굴을 와락 구겼다. 지금의 그는 생전의 루시우스만큼 자유자재로 마검을 다루지 못하는 상태였다.

사실상 전이로 거리를 두면 되는데 지금도 헬과 이프리타의 공격을 굳이 이리저리 움직이며 피하고 있다. 인질을 붙잡는 것도 세리아가 친 마력 장벽 속으로 전이되든, 크리스티나의 등 뒤로 전이하면 금방일 텐데 그렇게 하지 않았다.

"……정말인가 보네."

"응, 방심은 금물이니까 경계는 해야 할 것 같지만……."

사츠키나 라티파의 얼굴에 다소나마 안도의 빛이 비쳤다.

그때였다.

"우아아악!"

세리아 쪽에 헬과 이프리타라는 든든한 지원군이 나타났듯 루치 쪽에도 생각지도 못한 지원군들이 이곳으로 몰려들었다.

아직 장내에 남아있던 레버넌트들이었다. 수십 마리는 되어 보였다. 레버넌트들은 한눈도 팔지 않고 곧장 헬과 이프리타를 향해 사방에서 돌진했다.

"잠깐, 저게 뭐야?"

초반엔 세이프룸에 있던 사츠키는 완전히 처음 보는 존재였다. 사람을 많이 닮은 형태임에도 사람이 아니라고 여겨지는 용모에 절로 소름이 돋았다.

"처, 처음에 성에 내려왔던 마물입니다! 움직임이 날렵하고 목이나 심장을 겨냥하지 않으면 일격에 절명하지 않을 수 있으니 조심하세요!"

세리아가 또 한 번 정보를 전달했다. 세리아, 사라, 아르마의 연계가 지나치게 뛰어나 신속히 제거할 수 있었을 뿐, 왕성 안에는 아직도 많은 레버넌트가 남아있었다.

덧붙여 이러는 동안에도 알레인 쪽의 별도 부대가 공중 폭격이나 지상으로의 습격을 시도하고 있어 성내 전투는 길어지는 상황이었다.

'레이스 나리가 조종하는 괴물인가. 솔직히, 나리도 이놈들도 알 수 없는 점은 많지만······.'

고마운 일임에는 분명했다. 기대 이상의 원군에 놀란 것은 루치 일행도 마찬가지였지만, 레이스가 상공에서 손을 써준 것이라 추측한 루치가 곧 미소를 지었다.

"핫, 마침 잘됐군! 괴물 둥지끼리 사이좋게 지내보라고!"

"너희들, 이 틈에 인질 확보해!"

루치는 이때다 싶어 헬과 이프리타를 무시하기로 했다. 벤 일행도 즉흥적으로 행동을 개시했다.

"커흥!" "크르륵!"

헬과 이프리타가 돌진해 오는 레버넌트들을 얼음과 불꽃 브레스로 물리치려 했지만, 단단한 피부를 가진 그들에게는 약간의 내성이 있었다. 혹은 통증을 느끼지 않는 것일지도 몰랐다. 몸이 얼든 피부가 녹든 개의치 않고 돌진하며 전력으로 온몸을 부딪쳐 왔다.

한편 벤을 비롯한 나머지 용병들은 대부분 저택 앞에 선 사츠키 일행에게로 향했다. 그 수는 열 명.

"큭……."

사츠키가 창으로 폭풍우를 만들어내 반격하려 했다. 하지만 벤 일행은 옆으로 산개해 에워싸듯 다가오다가 열 명 중 여섯 명이 범위 밖으로 벗어났다.

"지금이다! 다섯 명, 돌격!"

그 순간 세리아가 친 장벽 속에 있던 루이즈가 외쳤다.

사츠키가 가진 신장의 능력을 발동시킬 타이밍을 엿보았으리라. 세리아가 장벽의 후방에도 구멍을 열어주자 안에 있던 기사들 5명이 돌격을 개시했다. 직후, 세리아가 순식간에 마력 장벽 앞뒤의 구멍을 막아 더는 아무도 들어 오지 못하게 출입문을 없앴다.

"하아아앗!"

기사들은 사츠키에게 나가떨어져 뒹구는 4명의 용병들이 자세를 무너뜨린 틈을 타 사정없이 검의 뒷날 부분으로 가감 없이 내리쳤다. 맞은 곳이 안 좋으면 죽을 수도 있겠지만, 후일의 심문도 고려해 일부러 죽지 않게 공격한 것이었다.

이로 인해 단번에 4명의 용병들을 무력화시켰다. 마검의 유무로 전투력이 떨어진 그녀들이 무모하게 움직이지 않고 끈질기게 기회를 포착해서 얻어낸 대수확이었다.

한편 아직 대량의 레버넌트들이 남아 있었지만, 뿌리치려는 헬과 이프리타에게 달려들어 움직임을 막는 것만으로도 벅차 보였다.

"밀어붙여라! 나가라!"

벤을 포함한 나머지 여섯 명의 용병들은 쓰러진 아군을 거들떠보지도 않고 에워싸듯 사츠키에게 달려들었다. 그런 그들을 사츠키와 라티파, 바네사 세 명이 상대했다.

그럼에도 저지하기엔 벅찼다.

그렇게 생각했을 때였다.

"그렇게는 안 둡니다!"

창문으로 뛰어나온 사라가 틈새를 뚫고 샤를로트 일행에게 다가오려던 용병을 걷어찼다. 뒤늦게 사라와 함께 저택 통로를 지키던 여기사 두 명도 나왔다.

"사라 언니!"

"늦었지만 복도의 적은 정리하고 왔습니다."

사라가 등장한 것이 든든했는지 라티파 일행이 기쁜 기색을 감추지 않았다.

하지만 혼전이 되면 우열을 가리기 어려웠다. 전투 중에는 시야가 좁아지기 쉽고 다수가 뒤엉키기 때문에 생각지도 못한 곳에 복병이 생기기 마련이었다.

여기서 복병은 루치였다. 사츠키를 덮친 용병들 가운데 루치의 모습이 보이지 않았다.

"잠깐, 검은색 검을 든 사람은 어딨어?!"

그것을 가장 먼저 눈치챈 사츠키가 벤의 검을 창으로 받아치며 일동에게 물었다. 그 순간이었다.

"여기다!"

루치 본인이 소리쳤다.

현재 세리아가 전개한 마력 장벽 안에는 시술자 본인인 세리아와 부상으로 의식을 잃은 아르마, 이프리타에게 마력을 공급한 미하루, 루이즈를 포함한 기사 두 명, [볼드] 그리고 루치가 서 있었다[/볼드].

동료 용병과 레버넌트들을 미끼로 삼아 장벽 속에 있는 자들을 노린 것이다.

세리아가 구멍을 막은 지금, 장벽에 외부로부터 침입 가능한 출입구는 없었지만 루치는 안에 있다. 생각할 수 있는 것은 한 가지.

"큭, 역시 전이가 가능했었나!"

미리 경계하고 있었는지 장벽 속에 남아있던 루이즈가 가장 먼저 반응하며 루치에게 검을 빼들었다.

"아주 근거리에서 시간을 들이면 말이지!"

"큭, 으악?!"

전이한 루치는 날렵한 동작으로 검을 휘둘러 몸째로 검을 날려버렸다. 루이즈는 장벽 안쪽에 부딪혀 그대로 쓰러졌다. 마검으로 신체 강화를 한 루치와는 근력이 너무나도 달랐다.

"대장!" "이런."

남은 여기사는 한 명. 검은 휘두른 직후의 루치를 노려 그녀도 검을 휘둘렀지만 빠르게 막혀버렸다.

"먼저 방해하는 놈들을 제거해야겠지!"

루치는 여기사만 방해가 된다고 생각한 것인지 솔선해서 제거하려 했다.

"미안해요."

미하루가 루치에게 양손을 내밀며 돌풍을 일으켰다. 적에게도 사과하는 부분에서 그녀의 성격이 고스란히 드러났다.

여기사가 말려들지 않도록 조정했다기보단 지금의 미하루가 순간적으로 낼 수 있는 공격은 이 정도가 한계였다.

"으억……."

예기치 못한 일격을 받고 이번엔 루치의 몸이 장벽 안쪽에 부딪혔다.

"《포톤 배럿》. 잘했어, 미하루!"

세리아가 순간의 판단으로 마력 장벽을 해제하고 주문을 외웠다. 그리고 누워 있는 몸체에 광탄을 연사하려고 했다.

"아, 프잖아, 이 망할 여자야!"

"꺅!" "윽……."

루치도 필사적이었다. 더욱이 얕잡아 보던 미하루에게 공격당한 것이 어지간히도 부아가 치미는지 고함을 치며 그 자리에서 굴러 날아온 광탄을 피했다. 그와 동시에 세리아와 여기사에게 다리를 걸어 있는 힘껏 넘어뜨렸다.

"네놈들은 자고 있어!"

"아악!"

루치는 일어나자마자 왼주먹으로 여기사의 안면을 사정없이 후려쳐 기절시켰다.

"이렇게 나오시겠다 이거지!"

"아얏……."

그리고 일어서려는 세리아의 등을 세게 짓밟았다.

"세리아 씨!"

"움직이지 마, 여자! 그쪽에 있는 녀석들도 전부! 이 자식 몸을 뭉개버린다."

주문 영창도 없이 공격해 온 미하루를 경계한 것인지 루치는 검의 검끝을 미하루의 목에 들이대고 저택 앞에 있는 사츠키 일행에게도 경고했다.

"윽……."

그러자 사츠키와 사라가 분한 듯이 입을 다문 채 이를 악물었다.

"아무래도 승부가 정해진 모양이군."

벤이 코웃음 치며 대치하고 있던 사츠키와 거리를 벌렸다. 다른 용병들도 따라서 뒤로 물러났다.

"흥, 꽤나 당했군."

루치는 무사한 동료의 수를 확인하고 혀를 찼다.

저택과 그 주변으로 모두 20명의 용병이 투입되었지만, 지금 멀쩡히 서 있는 사람은 루치와 벤을 포함해 7명뿐이었다. 저택에 돌입했던 아군은 사라 일행에게 당했고, 밖에 있던 사람들은 헬과 이프리타가 수를 줄였다.

"자, 일단 거기 있는 기사들은 저택 쪽으로 이동해."

"……."

루치의 지시를 받고 장벽 밖으로 나간 기사 5명이 마지못해 사츠키 일행이 있는 저택 쪽으로 이동했다.

"그리고 저 괴물들을 내보낸 건 너희 중 누구냐? 빨리 좀 없애주겠어?"

이어서 루치가 헬과 이프리트 쪽을 가리키며 요구했다. 누가 사역하는지 알 수 없었기에 전원의 얼굴을 살폈다.

헬과 이프리타는 현재까지도 레버넌트들이 매달려 있어

움직임이 봉쇄당한 채였다. 두 마리 모두 떨쳐내려고 날뛰고 있었지만, 레버넌트들이 물거나 손톱으로 할퀴어대는 통에 떼어 내는 것이 요원해 보였다.

하지만 반대로 말하면 레버넌트 쪽을 헬과 이프리타가 막아주고 있었던 셈이다. 그러니 지금 그 둘을 없애게 되면 수십 마리가 되는 레버넌트들이 단번에 풀려나게 된다.

"무슨 소리야, 지금 없애면 저 마물들도 풀려나잖아!"

사츠키가 흠칫 놀라며 소리쳤다.

"그딴 거 알 게 뭐야."

하지만 루치는 거침없이 일축했다.

"아니, 잠깐. 저대로 내버려 두는 게 나아."

제동을 건 쪽은 벤이었다.

"뭐? 어째서?"

"저 괴물, 너한테 한 번 당하고도 다시 나타났잖아. 모습을 감춘 상태에서 또 어딘가에서 튀어나오면 곤란해. 보이는 위치에 있는 게 나아."

"그렇군……."

벤의 의견이 타당하다 생각했는지 루치는 순순히 수긍했다.

"대신 섣불리 날뛰게 하지 마. 저항하지 말고 마물들의 공격을 받게 해라."

"윽……."

헬의 계약자인 사라가 분노로 몸을 떨었다. 실체화된 상태에서 공격을 받으면 정령도 다른 생물과 마찬가지로 고통을 느낀다. 아무리 영체화했다가 다시 실체화할 때 상처를 회복할 수 있다 해도 상처 입은 채로 놔두는 건 정령을 아끼는 그녀에겐 견디기 힘든 일이었다.

하지만 요구에 거역하면 미하루와 세리아의 몸이 위험했다. 그들의 바로 옆에는 아르마나 루이즈, 기사들도 의식을 잃은 채 쓰러져 있었다. 순순히 참는 수밖에 없었다.

"뭐, 됐어. 이 검은 머리 여자랑 꼬마 마도사, 둘이면 충분해. 신속히 후퇴한다. 너희들도 돌아와."

루치가 사츠키를 상대하던 벤 쪽을 불러들였다.

"기, 기다려! 우리도 너희 쪽 용병들을 확보한 상태야!"

사츠키가 땅에 쓰러진 용병들을 보고 말했다. 잘만 협상하면 인질을 교환할 수 있다고 생각한 것 같았다.

"핫, 그놈들이라면 알아서 해. 우리는 전부 감안하고 온 거다."

루치는 교환하려 하지 않았다. 그것이 전원의 뜻인지 다른 이들도 이의를 제기하지 않았다.

"어째서……."

사츠키가 멍하니 중얼거렸다. 이들은 단장인 루시우스를 죽인 리오에게 보복하기 위해 이 자리에 온 것이 아닌가.

자기편이 살해당하는 것에 분노를 품고 행동하던 자들이 지금 여기서는 자기편의 희생을 순순히 허락하고 있었다. 어불성설이다.

그보다는 이치로 움직이지 않는 것에 가까웠다. 몸에 아픔을 준 자에게 그 이상의 아픔을 준다. 그 과정에서 이쪽이 더 아프더라도 결국 그 이상의 아픔을 상대에게 줄 수만 있다면 그걸로 좋다. 그런 것일지도 몰랐다.

자신들만 일방적으로 당하는 것을 달갑지 않다. 용서할 수 없다. 그래서 괴롭히고 싶다. 한마디로 논리가 아닌 감정으로 움직이는 것이었다.

"너희들은 이 녀석들을 지켜봐."

루치는 세리아를 밟고 있던 발을 들고 물러서더니 거친 손놀림으로 옷가지째 그녀를 잡아 올렸다. 그리고는 서서히 다가오는 벤과 일행들 쪽으로 집어던졌다.

"꺅!"

세리아가 속수무책으로 바닥을 뒹굴었다.

루치의 시선이 검을 들이댄 미하루에게 향했다.

"유감이군. 그 자식하고 엮인 바람에 넌 우리한테 유괴당하는 거다. 앞으로 너와 저기 뒹구는 여자는 그 자식과 엮인 걸 후회할 일을 겪겠지. 원망할 거라면 그놈을 원망하라고."

루치가 보란 듯이 비열한 미소를 지으며 미하루를 위협했다.

"윽⋯⋯."

미하루가 몸을 부르르 떨면서도 두려움을 억누르기 위해 주먹을 꽉 쥐었다.

"자, 잠깐! 난 용사야! 잡아갈 거면 날 잡아가!"

"나, 난 오빠 여동생이야!"

미하루와 세리아를 지켜야겠다고 생각한 것인지 사츠키와 라티파가 황급히 자신을 납치하라며 소리쳤다. 게다가 사라와 플로라, 굳이 말하자면 감정으로 몸이 움직이는 타입인 소녀 두 명도 그 뒤를 따랐다.

"하핫, 보복을 당할지도 모르는데 지켜야 할 놈들을 이렇게나 곁에 두다니 그놈도 바보로군. 하지만 그렇다는 건 역시 그 녀석은 나쁜 놈이라는 거다. 그걸 충분히 알려줄 테니 마음 놓고 그놈을 원망해."

소녀들의 태도가 마음에 들지 않는지 벤이 과장스럽게 리오를 향한 악의를 퍼뜨렸다.

"윽······."

그 말에 시즈키가 얼굴을 찌푸렸다.

'······그렇구나, 이런 일이 있을지도 모른다고 생각한 거야. 그래서 하루토가 연회 때······.'

미하루에게서 멀어지려 한 것이었다. 거기까지 생각한 사츠키는 괴로운 표정을 지었다. 이대로라면 리오가 염려하던 대로 되는 것이라는 생각해 초조함이 들었다.

"아, 아니에요!"

미하루가 드물게 목청 높여 외쳤다.

"뭐?"

"하루토는 절 멀리하려 했어요. 그래도 제가 하루토 씨랑 같이 있고 싶다고 한 거예요! 그러니 하루토 씨는 나쁘지 않아요!"

미하루는 루치와 대립하는 것을 두려워하지 않고, 그녀로서는 드물게도 감정을 앞세워 리오를 옹호했다.

"……맞아. 그러니 우리는 이겨내야 해. 하루토에게 보호만 받는 짐 같은 건 되고 싶지 않아……!"

엎드려 있던 세리아도 양팔을 힘겹게 들어 올리며 일어나려 했다. 목소리를 쥐어짜 스스로의 결의에 가까운 생각을 내뱉었다.

"쳇, 하여간 기분 잡치게……. 그래서 어쩌겠다는 건데? 아무리 발버둥쳐 봐야 현실은 달라지지 않는다고!"

"이봐! 그 정도면 됐어, 루치."

잔뜩 악에 받친 루치를 벤이 멈춰 세웠다.

"뭐라고?!"

"그 이상은 납치한 이후에 해. 알레인 쪽 부담도 크다. 빨리 후퇴하자."

그 말에 루치는 여전히 상공에서 성의 공전기사들을 가로막고 있는 알레인 부대를 올려다보았다.

"……알았다고. 근데 이 녀석은 아까 주문도 없이 날 공격했잖아? 이동 중에 무슨 일을 당해도 귀찮아질 테니 아까의 보답도 할 겸 좀 재워둬야겠어."

마지못해 수긍한 루치는 사고를 전환하는 것도 빨랐다. 들이댄 검끝을 미하루의 목덜미에서 떼고는 그대로 검의 등 쪽으로 얼굴을 내려치기 위해 팔을 올렸다.

"윽……."

다가올 충격에 겁먹은 미하루가 눈을 감았다. 그 다음 순간 들린 것은 칼날이 얼굴에 직격하는 소리.

"늦어서 정말 죄송합니다."

아니, 칼날이 무언가에 부딪치는 충격음과 미하루를 부드럽게 달래는 듯한 굵직한 사내의 목소리였다. 미하루가 쭈뼛거리며 눈을 떴다.

"고우키 사가, 도리에 따라 참전했습니다."

그곳엔 루치의 검을 도검으로 받아친 고우키의 모습이 있었다.

❴ 막간 ❵ ✦ 여행기

시간은 조금 더 거슬러.

루치에게 찔려 아르마가 쓰러졌을 무렵의 일이다.

왕도 가르투크에서 수 킬로미터 떨어진 산간 지역으로 오피아가 고우키 일행을 데리고 전이해왔다.

"그럼 서두릅시다. 오피아 공, 안내를 부탁드립니다."

고우키가 즉시 이동을 재촉했다. 사정은 이곳에 전이되기 전에 오피아에게 들었다. 마을로 전이되기 직전 왕도에 불온한 검은 무언가가 무수하게 낙하했다고 한다.

그래서 미하루 일행이 있는 성에서 무언가 불길한 일이 일어날지도 모른다는 판단에 서둘러 여기까지 돌아온 것이었다.

"네, 하지만 에어리얼에 탈 수 있는 인원은 여덟 명……. 아니, 공중전이 되어 날아다닐 가능성을 생각하면 다섯 명 정도가 좋을 것 같습니다."

오피아는 자력으로 난다고 해도 고우키 쪽은 상당한 대인원이었다

일행 대표인 고우키와 그의 아내 카요코, 딸 코모모, 마을에서 리오를 쫓아온 사요와 여동생이 걱정되어 따라온 청년 신. 심지어 고우키가를 오랫동안 섬겨온 종자들이 열두 명이나 되었다.

"그럼 이 자리에 남는 사람과 가는 사람 두 편으로 나눕시다. 세 사람은 나와 카요코를 따라오거라. 아오이, 신, 사요. 너희는 코모모와 함께 이 자리에 남는다."

고우키의 지시로 왕성으로 향할 멤버가 곧바로 정해졌다.

"이쪽에 바위집을 설치해 놨어요."

오피아는 신속한 작업으로 인근에 미리 바위집을 설치해 두었다. 사요와 코모모는 일단 그곳에서 대기하기로 했다.

무슨 일이 일어났을지도 모른다는 근거는 오피아가 전이직전에 본 무수하게 검은 무언가 뿐이었다. 만약 성에 아무 일도 일어나지 않았다면 허사가 될 일이지만 아무 일도 없다면 그것으로 족했다. 서두를수록 좋았다.

급히 달려간 것이 기우가 아니라는 사실은 왕도로 가는 도중에 알게 되었다.

"……저게 뭐야?"

처음 눈치챈 것은 앞서서 하늘을 날던 오피아였다. 지금 그녀들이 날고 있는 곳은 지상에서 500미터 상공이었는데, 진행방향 쪽으로 더 높은 곳에서 급강하하는 대량의 무언가를 발견했다.

수는 가볍게 잡아도 오십은 되리라. 그것들이 곧장 오피아 일행을 향해 고속으로 접근해왔다.

"윽, 하위 아룡일지도 몰라요!"

이내 상대의 정체를 알아차린 오피아가 외쳤다. 미개척지에서 여행하는 동안 몇 번 보았던 익룡과 많이 닮았던 것이다.

"저게 아룡…… 호오."

아룡을 처음 본 것인지 고우키가 신기하다는 듯 눈을 크게 떴다.

"아마 익룡일 거예요. 근데 왜 이런 곳에 무더기로……."

아룡의 영역은 미개척지일 터였다. 드물게 슈트랄 지방에도 무리에서 벗어난 개체가 섞여 드는 일이 있는지 그것을 잡아서 번식시키거나, 그리핀과 같이 기수화를 시도하는 나라도 있었지만, 상당히 고전하는 것 같다고 전에 미개척지에서 리오에게 들은 적이 있었다. 그런 것들이 왜 이렇게나 무리지어 가르아크 왕성에 있단 말인가.

하지만 오피아가 아는 익룡과 다른 점도 있었다. 우선은 그 피부색이 블랙 와이번처럼 칠흑이라는 점.

"위험해!"

익룡…… 을 닮은 생물들이 입을 쩍 열더니 오피아 일행을 태워 죽이겠다는 듯 화염 브레스를 거세게 내뿜었다.

"하아앗!"

오피아는 익룡을 향해 비상해 등 뒤의 에어리얼과 그 등에 올라탄 고우키 일행을 보호하듯 바람의 장벽을 펼쳤다.

브레스의 궤도는 모두 깨끗하게 빗나갔다.

"훌륭합니다!"

고우키가 호탕하게 웃어젖히며 오피아를 치켜세웠다.

"이 녀석들은 우리가 성으로 향하는 걸 막듯이 나타났

다. 오피아 공이 보았다던 검은 구체와 관계가 있다고 볼 수 있겠군."

그리고는 혼잣말처럼 중얼거리며 추측했다.

근거가 있는 것은 아니었다. 하지만 고우키가 오랜 세월에 걸쳐 쌓아 온 전투 경험에 기반한 감이라고 할까, 그의 후각이 그렇게 감지했다.

"옵니다!"

고우키 쪽을 물어 죽이려는 듯이 익룡들이 다시금 빠르게 다가왔다.

"죽일 수밖에 없겠군요!"

고우키는 그렇게 말하고 곧바로 에어리얼의 등 뒤에서 힘차게 튀어나갔다. 중력을 따라 그대로 지상으로 내려가는가 싶더니.

"하핫, 편리하군, 편리해. 역시 도미니크 공."

허공을 박차고 말 그대로 하늘을 달려갔다. 그 비밀은 두 다리에 신은 신발에 있었다. 이 신발은 도미니크가 제작한 마도구였다. 발판이 되어줄 극소의 마력 장벽을 발생시켜 공중에서의 도약과 질주를 가능하게 해주었다.

사라나 아르마라면 정령술로 동일한 일을 할 수 있었지만 상당히 섬세한 마력 컨트롤이 요구되는 기술이라 인간족인 고우키가 새로이 습득하려면 시간이 걸렸다. 그래서 사용법을 익힐 때까지의 보조 기구로서 만들어준 신발이었다. 물론 다루는 데 다소의 요령은 필요했다.

'리오 님이나 오피아 공처럼 자유롭게 하늘을 날 순 없지만⋯⋯.'

고우키는 이것으로 본인도 하늘에서 싸울 수 있게 되었다며 기뻐했다. 그리고 이것이 하늘에서 벌이는 첫 실전이었다.

"흡!"

고우키는 익룡의 몸통에 정면으로 돌진해 엇갈리듯 외날검을 뽑아들었다. 그대로 단단한 익룡의 피부를 몸통째 매끄럽게 일도양단했다.

"이거 참, 도미니크 공에게 참으로 신세를 졌군. 실로 훌륭한 손맛이다."

바로 이 명검. 이름은 카마이타치라 부르며 야구모 지방 무구에 흥미를 가진 도미니크가 고우키를 위해 만들어준 일품이었다.

소유자인 고우키가 자랑하는 바람의 정령술과 특히 상성이 좋아 리오의 검처럼 칼날에 기술을 걸쳐 날릴 수도 있는 초일류 무구였다.

익룡의 형상은 공중에서 안개처럼 흩어지며 마석이 공중에 남아 떨어져 내렸다.

'⋯⋯마물? 익룡이 아니라?'

마석을 남긴 것으로 오피아는 그렇게 판단했다. 전투 중이라 굳이 주우러 갈 상황은 아니었지만 분석은 필요했다.

오피아는 정령술로 뇌구를 여러 개 발생시키고 이를 고

속 사출해 익룡에게 쏘았다.

"키야아?!"

뇌구 중 몇 개는 맞았지만 그들은 충격에 비틀거리면서도 비행을 계속했다.

'술의 효과가 잘 들지 않는 건 익룡과 비슷해.'

덕분에 적의 능력은 알 수 있었다. 다루기 힘든 브레스를 뿜어냈으니 본래라면 익룡이라고 생각했을 법도 했다.

"마력을 에너지로 변화시키는 술은 효과가 미미합니다. 정령술로 공격한다면 물질적인 질량이나 충격으로 피해를 줄 수 있는 술을 발동해주세요!"

오피아는 즉시 작전을 바꿔 필요한 정보를 모두에게 전했다.

"그렇군요. 잘 알겠습니다. 다들 들었겠죠?"

아직 에이리얼의 등에 탄 고우키의 아내가 동행한 세 명의 종자에게 말했다.

"분부 받듭니다!"

"그럼 가죠. 짐이 되고자 온 것이 아닙니다. 그것을 증명하도록."

그렇게 말한 카요코가 에이리얼의 등 뒤에서 뛰어내렸다. 종자들도 그 뒤를 따랐다. 이들은 어린 시절부터 고우키와 카요코에게 전투술을 배우며 자라난 정예였다. 겁내지 않고 하늘을 질주하기 시작했다.

참고로 카요코가 손에 든 무기는 손칼이다.

아무리 하늘을 질주할 수 있다고는 해도 하늘을 나는 익룡을 상대로 짧은 검이 잘 도달할 수 있을지 불안해 보이기도 했다.

"그악?!"

카요코의 손칼에서 한 가닥의 물줄기가 십여 미터로 뻗어 나갔다. 그대로 채찍처럼 익룡의 몸에 휘감기더니 단단히 조인다. 공중에서 움직임을 봉쇄당한 익룡이 균형을 잃었다.

"흐음……."

카요코는 익룡을 바짝 끌어당기며 동시에 본인도 도약했다. 그리고 또 하나의 손칼을 검집에서 빼내 정수리를 푹 찔러버렸다. 그 익룡은 절명하며 마석을 남긴 채 소멸했다.

'정말 훌륭한 절삭력이군요. 상냥한 경질에 두꺼운 피부 같았는데…….'

그야말로 물이라도 자르는 것처럼 손칼이 정수리에 빨려 들어갔다. 카요코가 든 두 자루의 손칼도 도미니크의 손에서 탄생한 초일류 무구였다. 이는 카요코가 자랑하는 물의 정령술에 최적화되어 있었다.

'머리를 찔러 일격에 죽는다면 굳이 구속할 필요도 없겠네요. 마력의 낭비는 막을 수 있겠군요. 땅 위로 내려가 얼마나 싸우게 될지 모르니까요.'

그런 생각을 하는 사이에 다음 익룡이 카요코를 물어 죽

이고자 눈앞까지 다가왔다. 그러나 막상 물려고 입을 연 순간이었다.

"그렇게 입을 벌리면 시야가 다 가려질 텐데요. 보기 흉하군요."

카요코가 중얼거렸다. 굳이 아슬아슬하게 시간을 끌었으리라. 익룡이 다문 입에 카요코의 몸은 들어 있지 않았다.

"끽……?!"

위에서 중압감을 느낀 익룡의 몸체가 쿵 내려갔다. 카요코가 위로 도약했나 싶더니 아래로 도약하며 그대로 두 개의 손칼을 꽂은 것이다.

참지 못하고 비명을 지르려고 한 익룡의 시야가 캄캄해지며 몸체가 서서히 흩어졌다.

"좋아, 빠르게 해치워주마!"

전후, 좌우, 상하 모든 방향에서 적이 덤벼든다는 것이 공중전의 무서운 점이었지만, 고우키도 카요코도 공중전에 익숙하지 않다고는 생각할 수 없는 몸짓으로 접근해 오는 익룡들을 없애갔다. 고우키의 종자들은 세 명이서 연계하며 마찬가지로 큰 위험 없이 마무리를 짓고 있었다.

'굉장해. 나는 이런 싸움은 할 수 없으니까. 물을 조종하는…….'

오피아는 감탄하면서도 자신도 싸워야겠다고 생각하고 정령술을 발동시켰다. 단순히 마력의 냉기만으로는 얼기 힘들 것이라 생각해 얼음 창으로 찌르기를 택했다. 세리아가 고정 포대형 술사라면 오피아는 이동 포대형 술사였다. 비행 정령술을 발동시키면서 주변에 얼음 창을 띄운 채 다가오는 익룡들을 요격해 나갔다.

"끼이이!"

오피아의 계약정령인 에어리얼이 바람을 조종해 익룡들을 물리치며 한꺼번에 덤벼드는 개체 수를 조정해 주었다.

채 몇 분도 지나지 않아 서른 마리 이상이 죽고 말았다.

"캬아아아!"

그러자 베이기 싫었는지 익룡들도 고우키를 물어 죽이려던 것을 멈추고 거리를 두듯 포위하기 시작했다.

"음, 움직임이 달라졌군. 모두들 일단 내려가라."

"에어리얼의 등에 타세요. 브레스를 쏘려는 것 같습니다."

고우키와 오피아의 지시에 오피아 외에 자력으로 비상하지 못하는 자들은 일단 에어리얼의 등으로 돌아갔다.

"그아아아!"

익룡들은 오피아의 예상대로 브레스를 뿜어 일행을 태워죽이고자 했다. 하지만 오피아와 에어리얼이 조종하는 바람이 허락치 않았다.

"보통 익룡이었다면 이길 수 없다고 생각한 상대에겐 달려들지 않았을 텐데……."

이 자리에 있는 것은 확실히 평범한 익룡이 아니었다. 마석을 남긴 마물이다. 다시금 무언가가 잘못됐다는 걸 느꼈는지 오피아가 침통한 표정을 지었다.

"흐음, 묘하게 통솔된 움직임을 보이는군. 무리의 우두머리처럼 보이는 개체는 보이지 않는다만…… 역시 발을 묶으려는 목적으로밖에 안 보인다."

"하늘을 달릴 수 있게 됐다고는 하나 자유롭게 하늘을 나는 무리들이 도망을 추격하면 성가셔집니다."

"음, 리오 님의 저택에 무슨 문제가 있는지는 아직 모르겠지만, 이대로 여기서 발이 묶여있을 수야 없지요."

자신들을 둘러싼 익룡들을 의심스러운 얼굴로 둘러보는 고우키와 전투가 길어질 것을 예감했는지 언짢은 표정을 짓는 카요코.

"여러분, 에어리얼을 타고 먼저 가셔서 왕성의 모습을 살펴보시겠어요? 여긴 제가 맡겠습니다."

그때 오피아가 제안했다.

"음, 괜찮으시겠습니까?"

"네, 덕분에 많이 줄었으니까요. 왕도까지 멀지 않은 데다 만일의 일이 생기면 곤란합니다. 에어리얼이 리오 씨 저택이 있는 곳을 알고 있으니 그곳의 상공으로 올라가도록 지시해 두겠습니다."

오피아가 전이 직전에 보았던 왕도로 쏟아지는 검은 구체를 떠올렸다. 정황 파악은 가능한 한 빠르게 해두고 싶었다.

현재 위치에서 왕도까지는 1킬로미터 남짓이었다. 에어리얼이 서두르면 바로 도착해 현장을 확인할 수 있을 것이다.

"그렇군요······. 알겠습니다. 별다른 이상이 없다면 바로 돌아오겠습니다."

익룡들이 거리를 두고 싸우기 시작한 이상 근접전이 특기인 고우키 일행과는 상성이 좋지 않았다. 이 자리에서 가장 공중전에 익숙한 것은 비행의 정령술을 쓸 줄 아는 오피아였으니 역할 분담을 하는 편이 효율적일 터였다.

지금 이렇게 얘기하는 동안에도 익룡들은 브레스를 뿜고 있었지만 오피아는 바람의 장벽을 펼쳐 깔끔하게 막아 냈다. 어쩌면 혼자인 편이 싸우기 쉬울 수도 있었다.

"네, 저도 정리가 끝나는 대로 가겠습니다. 대화하는 동안 필요한 마력을 다듬어 두었으니 대규모 술을 발동시키겠습니다. 신호를 보내면 에어리얼을 출발시키죠."

"명을 받듭니다."

고우키가 고개를 끄덕였다.

"가, 에어리얼!"

"끼이이이!"

오피아의 지시에 따라 에어리얼이 왕도를 향해 비상을 시작했다. 그때까지 바람의 정령술을 사용해 그 자리에 머물러 있던 에어리얼이 푸드덕거리며 날개를 움직인 순간 급가속을 시작했다.

"그아아아!"

익룡들이 브레스를 향했지만 에어리얼이 바람의 장벽을 전개한 것인지 브레스는 엉뚱한 방향으로 빗나갔다.

"너희들 상대는 이쪽이야!"

에어리얼이 도약한 동시에 오피아가 공격을 개시했다.

공중에 자신의 몸을 둘러싸듯 커다란 회오리바람을 일으켰다.

"그악?!"

익룡들은 회오리바람에 휩쓸리며 금새 자력 비행이 불가할 정도로 균형을 잃었다. 하지만 회오리바람에 휘말리는 것 자체로는 타격을 입지는 않았다. 지상에 떨어뜨려 피해를 입힐 수도 있었지만, 오피아는 그들을 아득한 상공으로 쏘아 올린 뒤 회오리바람에서 도망치느라 균형을 잃은 익룡들을 향해 얼음 창을 쏘았다.

"캬악?!"

얼음 창은 빨려 들어가듯 익룡들의 몸통을 꿰뚫었다. 한 번으로는 소멸하지 않은 개체도 있었지만 추가 공격으로 대처할 수 있는 수준이었다.

"……좋아!"

오피아가 익룡 형상의 마물을 전멸시킨 것은 마침 고우키 일행이 리오의 저택 상공 부근에 도달했을 무렵이었다.

한편, 레이스는 아득한 상공에 모습을 감춘 채 오피아 일행에게 익룡들을 보내 발이 묶인 모습을 관찰하고 있었다.

'처음에 개체 수를 줄였다고는 해도 사(邪)익룡 무리 50마리를 거뜬히 섬멸했군요. 술사 타입이라 중위 정령과 마찬가지로 아룡과 상성이 좋을 거라 생각했는데⋯⋯.'

터무니없는 착각이었다. 이걸로 오피아 쪽을 쓰러뜨릴 거라 생각하진 않았지만, 당황시키는 데엔 충분할 것이라 생각했다. 시간을 벌기 위한 목적은 달성할 수 있을 줄 알았다.

익룡은 비행하는 아룡종 중에서 최약체였지만 결코 약한 존재는 아니었다. 피부는 단단하고 마력을 튕기는 성질을 지녔으며 날카로운 송곳니를 달고 하늘을 날아다닐 수 있었다. 게다가 레이스가 보낸 개체들은 브레스까지 조종했다. 약할 리가 없었다.

마력을 튕겨내는 성질을 가진 이상 기본적으로는 정령술사나 마도사와의 상성이 좋은 것이 아룡이었다. 그런 아룡을 전형적인 술사라고 생각한 오피아에게 보낸 레이스의 판단은 틀리지 않았다.

계산 밖의 사태라고 한다면 오피아가 엘프 중에서도 특히 정령술의 소양이 뛰어난 하이엘프라는 점이었다.

하늘을 비상하는 정령술은 상당한 고도의 기술이었다. 따라서 비상하면서 대규모의 술을 발동시키는 정령술사는 정령의 주민들 중에서도 그리 많지 않았지만, 오피아가 바로 그 예외에 해당하는 정령술사였다.

'게다가 상당히 강해 보이는 원군이 도착했습니다. 저런

어디서 성가신 실력자들만 골라서 데려오는 건지…….'

레이스가 쿡쿡 웃음을 흘렸다. 본래라면 계획이 틀어져 분노해야 할 장면이었으나, 웃는 이유는 본인도 알 수 없었다.

'아무래도 제가 검은 기사와 그 계약정령에게만 정신이 팔려있었던 것 같군요.'

저도 모르는 새에 그 주변 사람들을 과소평가하고 있었다. 확실히 능력은 높을지언정 놔둬도 상관없다고 생각했다.

하지만 이렇게나 뛰어난 능력의 인재만을 모아두었다면 소국은커녕 대국 이상의 존재감을 지닌 일대 세력에 가까웠다.

'검은 기사가 가장 성가신 존재인 것은 틀림없다. 그에 대한 보험은 필요해. 하지만 최악의 경우 검은 기사의 인질을 확보하지 못하더라도 앞으로를 위해 성가신 전력을 조금이라도 없애는 쪽으로 방침을 바꾸는 게 좋겠습니다. 다행히도 이번 습격은 천상의 사자단에 의한 것으로 간주될 테니까요.'

설령 인질극을 벌일 수 있을 상대일지라도 생사를 따지지 않고 공세에 나선다.

'그렇게 되면 제 생존에 확신을 갖게 될지도 모르지만…….'

그래도 상관없다.

그렇게 결정한 순간이었다.

▌ 제 5 장 ▌ ✦ 영웅살인마

에어리얼을 탄 고우키 일행이 왕성에 도착해 목격한 것
은 영내 곳곳에서 기사들이 습격자와 싸우는 모습이었다.

현재 위치는 왕성 상공 150미터. 백여 미터 아래에선 공
전기사와 용병들이 그리핀을 타고 날아다니며 마법을 쏘
아대는 모습도 보였다.

"이거 생각했던 것 이상으로 큰일이로군⋯⋯. 에어리얼
이 리오 님의 저택을 알고 있다 들었는데⋯⋯. 음, 바로 이
아래인가?"

고우키가 리오의 저택을 발견했다. 미하루와 세리아의
모습이 보였기 때문이다.

"다른 분들 모습도 보입니다. 아무래도 상황이 상당히
좋지 않은 것 같아요, 대감."

그녀의 말대로 루치가 미하루와 세리아를 인질로 잡고
있었다. 그것만으로도 상황은 파악됐다.

망설일 필요는 없다.

"⋯⋯무뢰배 놈들. 카요코, 가자"

고우키가 150미터 상공에서 날고 있는 에어리얼의 등 뒤
에서 서슴없이 뛰어내렸다.

"명을 받듭니다. 너희들은 에어리얼을 타고 내려오거라.
이것은 리오 님을 위한 첫 출진이다. 한심한 모습은 보이

지 말도록."

종자들에게 그런 말을 남긴 카요코도 뒤늦게 뛰어내렸다. 이리하여 카라스키 왕국에서 이름난 최강의 부부가 지원을 나섰다.

반발력이 있는 발판을 딛고 낙하하면서 땅으로 뛰어 내려간 이들은 공기 저항에도 아랑곳없이 불과 몇 초 만에 지상에 도달했다. 종자들은 아직 할 수 없는 재주였다.

"……."

가장 먼저 지상에 발을 디딘 것은 에어리얼에서 뛰어내린 고우키였다. 땅에 닿기 직전 발판을 만들어 충격을 흡수하고는 소리 없이 땅에 착지했다.

"아까의 보답도 할 겸 좀 재워둬야겠어."

그 바로 옆에서 그렇게 말하며 검을 휘둘러 미하루의 얼굴을 때리려는 루치의 모습이 보였다. 고우키의 눈에 비친 미하루의 모습이 리오의 어머니였던 아야메의 젊은 시절과 겹쳐 보였다.

'어떻게 해서든 이분을 지켜내야 한다. 본인이 참전한 이상 손가락 하나 대지 못하게 하겠다.'

고우키는 루치의 공격을 막는 것을 최우선으로 했다. 미하루와 루치 사이에 끼어들어 휘둘러진 칠흑의 검을 자신의 검으로 받아쳤다.

"늦어서 정말 죄송합니다. 고우키 사가, 도리에 따라 참전했습니다."

그리고는 엄숙히 자신의 등장을 알렸다.

"윽, 뭐야, 네놈은?!"

루치는 단번에 격앙되어 고우키를 밀쳐내기 위해 검에 힘을 주었다. 하지만 반격한 것은 고우키 쪽이었다.

"입 다물어라, 무뢰한이여!"

"뭐, 라고?!"

검에 힘을 실은 것이 아닌, 쿵 하고 앞으로 발을 내민 것만으로 루치의 몸이 뒤로 밀려났다.

동시에 고우키는 또다시 발을 내디뎠다. 그러자 스르륵, 하고 고우키의 몸이 연기처럼 루치 앞에 나타났다.

"루치!"

외친 것은 루치의 동료인 용병 벤이었다. 루치가 밀쳐진 순간 돕기 위해 달리기 시작해 간신히 시간에 맞췄다. 조금이라도 늦게 출발했다면 루치는 검에 베여 쓰러졌을 것이다.

"흐음……."

고우키가 옆으로 비집고 들어온 벤의 검을 슬쩍 피하고는 미하루 곁으로 다시 돌아갔다.

"대감, 이쪽은 세리아 님의 신병을 확보했습니다."

어느새 착지한 카요코가 용병들 곁에 쓰러져 있던 세리아의 신병을 확보한 것인지 세리아를 끌어안은 채로 고우키와 합류했다.

"음."

고우키는 만족스럽게 고개를 끄덕였다.

"무슨……, 대체 어느 틈에?!"

"뭐야, 이 아저씨랑 할망구는?!"

루치와 벤, 그리고 아직 건재한 아군 용병 다섯이 깜짝 놀라며 서서히 한곳으로 모여들었다.

"할망구요? 천박한 데다 무례하군요. 전 아직 마흔 초반밖에 안 됐어요."

카요코의 눈에 싸늘한 빛이 떠올랐다.

"끼이이!"

그때 에어리얼도 지상 십여 미터 위치까지 내려오며 그 등에서 고우키의 종자들 세 명이 뛰어내렸다. 세 사람은 고우키와 카요코, 그리고 미하루의 바로 옆에서 쓰러진 아르마나 루이즈 쪽을 에워싸듯 착지했다.

"꽤나 약삭빠른 무뢰배인 것 같아 하인들이 수비를 다질 때까지 기다렸습니다. 덕분에 아무 근심 없이 녀석들을 해치울 수 있겠군요. 괜찮으시겠습니까, 미하루 공? 상황상 물어볼 필요도 없다고 판단해 방어를 했습니다만."

부아가 치미는 눈으로 루치 일행을 빠짐없이 노려보면서도 고우키는 냉정한 상황판단을 내렸다.

"네, 네. 감사합니다……."

상당히 팽팽하게 긴장하고 있었을 것이다. 미하루는 고개를 끄덕이며 가볍게 휘청였다. 하지만, 괜찮을 것이라는 확신이 있었다. 그녀는 곧장 자세를 바로 했다.

"잘 알겠습니다. 자, 그럼. 누군지는 모르겠지만 우리가 주군으로 모시는 분의 소중한 이들께 손을 댔다. 멀쩡히 돌아갈 생각은 말도록."

고우키의 눈빛이 한층 더 강렬하게 빛나며 그들을 노려보았다.

"윽……."

용병들은 예외 없이 강한 위기감을 느낀 것인지 슬금슬금 뒤로 물러서고 있었다. 용병으로서의 오랜 전투 경험을 통해 고우키의 강함이 상당하다는 것을 본능적으로 느꼈으리라.

"고우키 씨! 오빠의 아버지랑 어머니를 죽인 사람의 부하들이에요! 검은색 검을 가진 사람을 조심해! 강력한 검은 충격파를 뿜는 데다 칼날과 본인을 전이하는 힘이 있는 것 같아요!"

라티파가 소리치며 루치 일행의 정보를 전달해주었다.

"호오?"

고우키가 주목한 것은 그 능력보다는 용병들의 신상이었다. 두 눈에 담긴 불꽃이 일렁거리며 타올랐다.

'때마침 이런 절호의 기회를 주시다니…….'

부르르, 저도 모르게 무사의 피가 들끓은 고우키가 입을 움직였다.

"비로소. 비로소 그분께 충성을 다할 수 있게 되었군."

"뭐?"

그 말은 바로 옆에 있던 카요코 이외엔 들리지 않았던 것 같다.

"……저도 가겠습니다. 너희들끼리 미하루 님과 세리아 님을 지킬 수 있겠지?"

세리아를 조심스러운 손길로 부하 중 한 명에게 맡긴 카요코가 고우키의 옆에 섰다. 그리고 유려한 손놀림으로 검을 빼들고는 서늘한 시선을 루치 일행에게 향한다.

"아무래도 더더욱 너희를 돌려보낼 수가 없게 됐군. 이 이상의 정황 확인은 필요 없다."

그렇게 말하고 각각의 무기를 잡는 고우키와 카요코.

"고우키 사가."

"카요코 사가."

그 직후 고우키와 카요코가 구호를 외쳤다.

"우리의 주군인 그분을 위해!"

"참전하겠습니다!"

카라스키 왕국이 자랑하는 최강의 부부는 그렇게 외친 직후, 5미터가 넘었던 적들과의 거리를 단숨에 메워버렸다.

"빨랏?!"

용병들은 순간적으로 흩어지려 했지만 고우키와 카요코 역시 좌우로 전개하여 흩어지려던 양끝의 사내에게 각각 다가갔다.

"젠장!"

사내들도 곧바로 검을 겨눴지만 그대로 밀려났고, 단 몇 합도 버티지 못한 채 검이 튕겨 나가 무력화됐다.

"웃기지 마!"

남은 용병은 다섯. 무력화 된 두 사람 바로 옆에 있던 다른 용병 둘이 각각 고우키와 카요코를 향해 검을 휘둘렀다.

하지만 고우키와 카요코는 용병들이 보는 앞에서 스르륵 모습을 감추며 참격을 피했다.

실제로는 그 자리에 훅 주저앉아 눈앞의 상대에게 사라진 것처럼 보였을 뿐이었다.

"윽?!"

그 다음 순간 사내들의 몸이 크게 날아갔다.

고우키와 카요코가 각각 칼날이 없는 쪽을 휘둘러 사내들의 아래턱에 후려친 것이다. 공중에서 뇌진탕을 일으킨 사내들은 곧장 의식을 잃었다. 남은 용병은 루치와 벤을 포함해 순식간에 세 명이 됐다.

"자, 잠깐잠깐!"

"이 아저씨랑 할망구 위험해!"

남은 세 명은 간신히 부부에게서 거리를 벌리고 빠르게 흩어졌다. 하지만 그러는 동안에도 고우키와 카요코는 틈을 메우며 좌우로 그들에게 다가갔다.

"윽, 가까이 오지 마!"

루치가 마구잡이로 마검에 마력을 담아 고우키와 카요코를 휘감듯 칠흑의 충격파를 쏘아냈다.

"어설퍼요!"

고우키도 카요코도 세로로 가볍게 도약해 충격파를 피해버렸다.

　평소였다면 전투 중 큰 점프를 했다간 허점을 낳기 쉬웠다. 사람은 공중에서 자유롭게 움직일 수 없기에 도약 후 바닥에 발을 딛고 자세를 정비할 때까지는 주위의 공격에 무방비했다. 선택 사항은 낙하하면서 공격을 감행하거나 다가오는 공격을 막아내는 것뿐.

　"멍청하긴!"

　잘 단련된 용병들이었기에 반사적으로 그 허점을 찌를 생각이었다. 벤과 한 명의 용병이 낙하 중인 고우키와 카요코를 향해 돌진했다.

　하지만 갑자기 나타나 이토록 거대한 싸움을 벌이는 두 사람을 더욱 경계했어야 했다. 고우키도 카요코도 공중에서 웅크리는 듯한 자세를 취하고는 그대로 도약했다.

　"윽?!"

　깨달았을 땐 이미 부부는 땅에 발을 딛고, 돌격해 온 벤과 한 명의 용병 뒤에서 등을 보인 채 서 있었다.

　"이게, 무슨……?"

　뒤늦게 벤과 한 명의 용병이 흐릿한 눈동자로 털썩 바닥에 쓰러졌다. 그와 거의 동시에, 조금 전 고우키와 카요코가 아래턱을 날려서 기절시킨 두 사람이 땅으로 낙하했다.

　"어이! 젠장, 네놈들!"

　루치가 몸을 떨며 부르짖었다.

"안심해라. 그분께 해를 끼치려 한 이상 놔둘 생각은 추호도 없지만, 일단 가감은 해두었으니."

"겨우 이 정도 수준으로 천한 것들의 지저분한 피와 시체 따위를 숙녀분들께 보여드릴 필요도 없고 말이죠."

"숨겨둔 다른 속셈은 없는지 심문도 해야겠지. 필요한 처분은 그 후에 내리기로 하지."

고우키와 카요코가 담담하게 고했다.

"그런 뜻이 아니잖아! 헛소리하지 마!"

"헛소리는 네놈들이 하고 있지 않나. 보아하니 루시우스의 죽음을 원한 삼아 이런 짓을 하고 벌인 것 같은데⋯⋯."

이 녀석은 내가 맡겠다──, 고우키는 눈짓으로 카요코에게 신호하며 루치의 말에 답했다. 그리고 그대로 한 발짝 더 다가섰다.

"괴, 굉장해. 저 사람들 뭐야⋯⋯?"

고우키 일행을 아는 것은 라티파와 사라뿐. 그 신원을 모르는 사츠키와 샤를로트, 크리스티나, 플로라는 얼떨떨한 얼굴로 살벌한 전투 모습을 바라보고 있었다.

"괜찮아! 우리 편이야!"

라티파가 기쁜 얼굴로 소리쳤다.

"남은 건 저 마물들의 처리군요⋯⋯."

여섯 명의 용병들은 순식간에 쓰러졌고 남은 것은 루치뿐이었다. 사라가 심각한 표정으로 저택에서 조금 떨어진 곳에 무리지어 있는 레버넌트들을 바라보았다.

이러는 동안에도 헬과 이프리타는 수십 개의 레버넌트들에게 짓눌린 채 뜯기고 물리며 궁지에 몰려 있었다. 이미 실체화를 유지할 수 없기 직전의 아슬아슬한 상태였다.

두 개의 중위 정령이 묵묵히 참는 이유는 자신들이 영체화해 버리면 수십 마리의 레버넌트들이 일제히 해방되기 때문일 것이다. 하지만 형세가 역전된 지금이라면 얼마든지 처리할 수 있었다.

"헬, 이프리타! 고마워, 이제 사라져도 괜찮아!"

그 순간 머리 위에서 목소리가 울렸다.

그곳엔 활을 겨눈 오피아의 모습이 있었다.

"오피아!"

사라의 환호성 후, 헬과 이프리타는 안심하고 영체화되어 그 자리에서 사라졌다.

동시에 레버넌트들이 누르던 대상이 사라졌다. 앞으로 어떤 행동을 개시할지는 알 수 없지만 사라에게 적대할 것이라는 점은 확실했다.

그러나 레버넌트들이 다음 행동을 시작하기도 전에 오피아가 한 방의 거대한 빛의 화살을 쏘았다.

사출하기까지 상당한 힘을 모아야 할 정도의 위력을 가졌지만, 적이 눈치채지 못하는 공중에 있던 그녀에게 힘을 모을 시간은 충분했다.

"그아아아악?!"

빛의 화살이 순식간에 두 개로 분산되어 헬과 이프리타

가 직전까지 실체화를 유지하던 지점으로 쏟아졌다.

질량을 담은 에너지 덩어리가 그 자리에 있던 레버넌트들을 모조리 압살하고 직경 10미터 정도의 크레이터 두 개를 만들어내며 소멸했다. 그 자리엔 대량의 마석만 덩그러니 남았다.

"이걸로 끝이네."

오피아가 정신을 잃은 아르마 곁으로 착지했다. 형세는 완전히 역전되었다. 여기까지가 고우키 일행이 현장에 도착하고 나서 불과 1, 2분 만에 일어난 일이었다.

"하하하, 실로 통쾌하군요. 역시 오피아 공."

고우키가 화려하게 마물들을 처리한 오피아의 공격을 곁눈질로 확인하며 호탕하게 웃었다.

"자, 그럼 이쪽도 막을 내려 볼까."

그가 이 자리에 남은 마지막 적, 루치를 해치우려고 했다.

"젠자앙!"

루치가 소리치며 고우키를 향해 달려갔다. 고우키도 앞으로 치고 나갔다. 두 사람은 금세 육박하여 서로의 무기를 휘둘렀다.

그렇게 눈에 띄지도 않는 칼부림이 벌어지는 와중이었다.

"흠, 이해할 수가 없군!"

고우키가 불쾌하다는 듯 외쳤다.

"뭐가 말이냐?!"

루치도 소리쳤다.

"동료가 당했다고 왜 화를 내지? 왜 감정적으로 구는 거냐?"

"동료니까 그렇지!"

"정상적인 가치관도 갖추고 있으면서 동료 이외의 다른 사람은 소중히 여기지 않는다! 아무렇지도 않게 남의 소중한 것을 빼앗는다! 모순이 아닌가!"

"이 세상은 약육강식이다! 동료가 아닌 놈 따위 어떻게 되든 알 바 아냐! 모순 따위 없어!"

"질문에 대한 답이 아니군!"

이때 고우키의 검이 검을 든 루치를 그대로 날려버렸다. 루시우스의 마검으로 인해 루치의 육체는 다른 용병들보다 더 강한 신체 강화가 되어 있지만, 고우키 역시 정령술을 통해 동일한 수준으로 강화했다. 신체 강화의 정도는 호각이었다.

그러나 기량은 달랐다.

"젠장!"

크게 후퇴하는 루치. 그 표정에 여유라고는 조금도 찾아볼 수 없었다. 고우키의 공격을 막지 못해 얕은 참상까지 쌓이고 있었다.

"그럼 물음을 바꾸지. 약육강식과 동료의식이 양립한다면, 왜 네놈들보다 강한 하루토 님에게 원한을 갖고 보복을 하려하지? 이 모순을 설명해 보아라. 하루토 님은 네놈들의 두목을 쓰러뜨린 분이시다. 약육강식을 신조로 삼았다면 이후로는 적대하지 않도록 엎드려 용서를 빌거나 엮이지 않게 숨어 사는 게 맞지 않나."

고우키는 일단 루치와 거리를 두고 휙, 검 끝을 겨눈 채 새로운 질문을 던졌다. 왜 하루토에게 싸움을 거는가, 하고.

"무슨…… 윽!"

루치는 감정의 여세를 몰아 반박하려 했지만, 말문이 막혔다. 논리대로 반박할 수 없었으리라.

"흥, 대답할 수 없나 보군. 사리도 분별 못 하는 철부지 주제에."

"……그런 비참한 짓, 죽더라도 할 수 있을 리가 없잖아!"

자존심이 허락할 수 없다는 듯 루치가 외쳤다.

"그렇다면 죽어라! 약육강식을 신조로 삼더라도 복종할 수 없는 상대라면, 화려하게 도전했다가 지든지, 하루토 님의 눈에 띄지 않는 곳에서 조용히 자위하는 게 전쟁에 몸담은 사람의 도리라는 거다."

고우키가 일갈했다.

진정으로 약육강식에 입각해 행동한다면 그러는 것이 맞다고.

"윽……!"

"그러지도 않고, 정면으로 싸워 이길 수 없다는 이유로 뒤에서 추잡한 짓이나 벌이다니 가소롭기 짝이 없다! 빼앗을 쪽일 때만 편하게 약육강식이라는 말로 포장하는 건 자만에 찬 비겁자들이나 하는 천한 짓이다!"

"쳇, 시끄러워! 죽지 않기 위해 인질을 잡으러 온 거다! 그것이 용병의 방식이야!"

루치가 겁먹은 개처럼 짖어댔다.

"흠……. 두목이나 동료를 위한 보복에 용병으로서의 방식을 들이대는 건가. 본래 돈만으로 움직이는 것이 용병이거늘 가엾기 그지없구나."

자신이 무엇에 떠밀려 이 자리에 있는지도 모르는 것이겠지, 그렇게 생각한 고우키는 멸시를 넘어 연민의 눈빛을 보냈다.

"윽……."

"하지만 이걸로 이해했겠지. 네놈들의 보복엔 대의는커녕 명분조차 없다는 걸……. 단순한 앙갚음. 동료를 소중히 생각했다면 다른 이에게 소중한 사람에게도 손을 대지 말았어야 했다. 그것을 이해하고……."

고우키는 거기까지 말하고 검을 고쳐 잡았다. 굳이 이렇게까지 문답을 주고받은 것은 아야메와 젠을 죽인 루시우스에 대한 마음을 부하인 루치에게라도 대신 털어놓고 싶어서일까. 혹은 주군으로 정한 리오에게 해코지한 무리에게 한마디라도 하지 않으면 마음이 풀리지 않아서 그런 것일까.

하지만 이제 와서는 중요하지 않았다.

"깊이 후회하며 죽도록 해라!"

힘차게 도약한 고우키가 다시 루치와의 간격을 좁혔다.

"으악! 큭, 윽, 젠자앙!"

신체 능력에 큰 차이는 없었지만 루치는 고우키의 움직임을 따라잡지 못했다. 두 번, 세 번, 네 번, 검을 휘두르는 수를 거듭할 때마다 움직임이 뒤처졌다.

'제, 젠장, 이제 더는 마력도 안 남았어.'

신체 강화를 유지해야 했다. 이대로는 진다.

문답에서 허를 찔린 것도 모자라 검에서도 압도당했다. 이제 남은 것은 패배뿐이라는 걸 깨달은 루치가 초조함을 내비쳤다.

"흠, 마음의 흐트러짐이 검에 배어 있다. 빈틈투성이지 않은가!"

고우키는 그런 조바심을 정확하게 간파하고 반응이 늦은 루치의 품으로 파고들었다. 그리고는 그대로 검을 왼쪽 아래에서 쳐올렸다.

"윽, 무슨?!"

루치는 순간적으로 반응하며 방어를 시도했다.

"빌어먹을……."

칠흑의 검이 허공을 갈랐다. 검을 쥔 손도 튕겨 나가며 루치의 상체도 벌렁 나뒹굴었다.

"끝이다!"

고우키는 거기서 끝내지 않고 검을 잡아 비스듬히 전방으로 파고들었다. 그리고는 칼등으로 내려치면서 루치의 옆구리를 스르륵 빠져나간다.

"으헉……."

루치가 신음소리를 내며 땅에 쓰러졌다.

"폐막이군."

쓰러진 루치를 등진 채 그가 유려한 움직임으로 챙 소리를 내며 손에 쥔 검을 검집에 넣었다.

"고우키 씨!"

"오오, 스즈네 님 아니십니까."

라티파가 손을 흔들며 반가운 얼굴로 고우키를 불렀다. 전투의 여운으로 날카로운 표정을 짓고 있던 고우키는 순식간에 표정을 풀고 라티파에게 다가갔다.

"도와주셔서 감사합니다!"

"여러분을 지키는 것이 본인들의 임무. 오피아 공에게 무언가 심상찮은 물체가 왕성에 낙하했다고 들었습니다. 급히 달려온 보람이 있군요."

그가 거기까지 말을 마쳤을 때였다.

"스즈네 님, 이쪽은 누구시죠? 싸우는 도중 하루토 님을 주군으로 정했다고 말씀하신 것 같은데……."

침입자들의 구속과 부상자들의 저택 후송을 기사들에게 모두 지시하고 돌아온 샤를로트가 라티파에게 다가와 말을 걸었다. 귀가 밝은 것인지 신경 쓰이는 정보에 대해 질문한다.

"……본인은 하루토 님의 어머님께 생전 신세를 졌던 몸으로, 고우키 사가라고 합니다."

고우키는 카라스키 왕국식 예절로 공손하게 자기소개를 했다. 입고 있는 옷가지와 몸짓으로 보아 샤를로트를 높은 신분이라 판단했으리라.

"어머, 그렇습니까……."

하루토 님의 부모님은 이주민이셨다고 들었는데……, 샤를로트는 그런 생각을 하며 고우키를 엿보았다.

사투리가 다소 강한 것은 고우키 역시 이주민이기 때문인 걸까. 신경 쓰이는 점은 고우키도 겉보기에 상당히 높은 신분이 아닌가 하는 점이었다.

급하게 익힌 것이 아닌 확실하게 몸에 밴 격식을 갖추었고, 무엇보다 조금 전의 전투에서 보인 칼솜씨도 초일류에 가까웠다.

'재미있어. 하루토 님의 수수께끼도 점점 깊어지네.'

리오를 포함해 고우키 일행이 마음에 든 것인지 샤를로트가 기분 좋은 미소를 머금었다.

참고로 고우키 일행이 슈트랄 지방의 공용어를 몸에 익힌 것은 과거 슈트랄 지방과 야구모 지방 사이에 극소수였지만 나라간 교류가 있었기 때문이었다.

리오도 일찍이 카라스키 왕국에서 고우키 일행을 만난 후 처음 알게 된 사실로, 그런 역사적 자취로 인해 슈트랄 지방의 공용어를 제2, 혹은 제3공용어로 사용하는 나라가 있었기에 자연스레 카라스키 왕국에도 전해진 것이었다.

제2, 제3공용어인 만큼 배우는 자는 기껏해야 왕족이나 문관 정도인 데다 슈트랄 지방의 표준 발음과 비교하면 사투리가 상당히 강한 편이었다. 고우키 일행은 리오를 따라가기로 마음먹었을 때부터, 그리고 여행하는 동안에도 슈트랄 지방의 공용어를 계속 배워왔다. 또한 정령의 주민 마을에서 일정 기간 생활하면서 사투리가 많이 개선되었지만, 그럼에도 아직 남아있었다.

하지만, 지금은 중요한 것이 아니었다.

"이런, 실례했군요. 저는 샤를로트 가르아크. 이 나라 제2왕녀입니다. 조금 전엔 위급한 상황이었는데 정말 감사했어요. 이 나라의 왕녀로서 진심으로 감사를 드립니다."

샤를로트가 치맛자락을 우아하게 걷어올리며 말했다.

"오오, 그렇군요. 하루토 님에게 말씀 많이 들었습니다."

"어머, 그거 기쁘네요. 그리고 여기 계신 두 분은 이웃나라 벨트람의 제1왕녀 크리스티나 님과 제2왕녀 플로라 님이십니다."

"……조금 전엔 대단히 감사했습니다. 크리스티나라고 합니다."

"동생인 플로라예요. 잘 부탁드립니다."

샤를로트가 크리스티나와 플로라를 소개했다.

'아마카와 경의 어머님을 모시던 무인, 이었겠죠. 조금 전의 힘을 보아 나라에서도 손에 꼽는 인재일 터. 벨트람 왕국의 왕의 검 알프레드 에마르처럼…….'

크리스티나는 리오의 어머니가 왕족이라는 것을 알고

있었기에 샤를로트보다도 더 확신에 가까운 추측이 가능했다.

그 정도의 실력자가 아마도 야구모 지방을 나와서까지 뒤를 따르는 것을 보아 리오를 향한 충성심도 엿볼 수 있었다.

'……'

과거 왕립 학원에 재적하던 무렵의 기억이 뇌리에 스친 크리스티나의 표정이 조금 어두워졌다. 죄책감이 되살아난 것이다. 리오 본인은 신경 쓰지 않는다고 하지만, 아무리 세월이 흘러도 사라지지 않았다.

"그리고 이쪽은 용사이신 사츠키 님입니다."

"스메라기 사츠키…… 아니, 이곳의 방식으로는 사츠키 스메라기입니다. 잘 부탁드립니다, 고우키 씨."

사츠키는 사츠키대로 외모가 일본인과 비슷한 고우키를 신경 쓰는 모양이었지만 일단은 무난하게 자기소개를 마쳤다.

"여러분에 대한 말씀도 많이 들었습니다. 잘 부탁드리겠습니다."

고우키가 정중하게 인사했다.

"대감, 아르마 님과 세리아 님을 쉴 수 있는 곳으로 모시고 싶은데요."

카요코가 부상당한 아르마를 안아 들고 왔다. 미하루와 오피아, 직접 걸어오는 세리아의 모습도 보였다.

비록 루치에게 거친 대우를 당했지만 세리아는 눈에 띄는 외상을 입은 것도, 기절한 것도 아니었다. 미하루와 오피아가 어깨를 빌려주겠다고 했지만 직접 걸을 수 있다며 거절했다. 다만 만약을 위해 스스로에게 치유 마법을 걸어두었다.

"그럼 하루토 님의 저택 안으로……."

샤를로트가 그렇게 제안하려던 순간이었다.

"신호탄?"

성의 상공에 신호탄 같은 빛이 쏟아졌다.

"……우리 쪽 신호탄은 아닙니다."

근처에 있던 여기사가 보고했다. 신호탄에도 나라마다 패턴이 있는데, 그녀가 아는 것은 아닌 것 같았다.

"도적들이 쓰는 신호탄 같군요. 공중에 있는 그리핀 부대가 도주를 개시한 것 같아요."

샤를로트가 추측했다. 그리핀을 타고 공전기사들과 공중전을 벌이던 용병들이 왕성을 떠나는 모습이 보였다.

"이 저택은 이제 포기한 건가……."

사츠키가 불쑥 의문을 입에 담았다.

"싸움에서는 각자의 자리라는 게 있으니까요. 이 장소를 습격하는 것이 목적이었던 건 분명하지만, 습격을 담당한 부대가 전멸한 이상 그들이 할 수 있는 일은 이제 아무것도 없어요."

샤를로트가 대답했다.

"여기 남은 동료는 버려둔다는 거야?"

자기편을 되찾으러 오지 않는 모습이 박정하다 느껴졌는지, 아니면 보복하러 오는 것을 경계하는 것인지를 떠나 아마도 싸움 초보자인 사츠키만이 가질 수 있는 의문이었으리라. 그 의문에 답한 것은 전투 경험이 풍부한 고우키였다.

"물론 가능성이 없지는 않지만 하늘에 있던 적 부대의 역할은 발을 묶는 것과 퇴로 확보일 터. 이 자리를 도우러 오는 것은 그 역할을 포기하는 행동이나 마찬가지입니다. 퇴로를 포기해서라도 아군을 찾아온다는 계책이 있지 않은 이상 되찾으러 오지 않을 겁니다. 죽음을 각오한 자살 행위나 다름없으니 말입니다."

적지든 전선이든 아군의 구출은 매우 위험한 행위였다. 자칫하면 구출하는 대상도 함께 휘말릴 수 있는 데다, 자리를 이탈해 아군을 도우려는 사람이 나타나 전선이 와해되면 추가적인 피해를 낳을 수도 있었다.

나무만 보고 숲을 보지 못하는 셈이다. 그럼에도 자기편을 구하고 싶다면 자리를 이탈해도 문제가 없는지, 그 후에도 퇴로를 확보할 수 있는지를 반드시 따져봐야 했다.

도움을 받는 쪽에서는 "왜 도와주러 안 오는 거야! 웃기지 마! 매정한 놈들!"이라며 불만을 품을 수 있고, 도움을 줄지 검토하는 쪽에서도 아군을 저버리는 것에 죄책감이나 스트레스를 느낄 수 있었다. 하지만 전투에 참가한 이상 양쪽 모두를 이해할 수밖에 없다. 전쟁터에서는 그런 심리효과를 노리고 적을 살해하지 않고 무력화시키는 일도 있다. 싸움이란 그런 것이다.

"그렇구나……."

떨떠름한 얼굴이지만 납득한 듯 사츠키가 고개를 끄덕였다.

"하늘에 있는 용병들이 도주를 시작했다는 것은 탈환할 방법이 더는 없다는 증거겠죠. 나머지는 성에 있는 부대에 맡겨도 될 겁니다."

샤를로트가 말했다.

하지만 그다음 순간.

"오오오오오오오오오!"

무언가가, 울부짖었다.

신호탄이 쏟아지기 조금 전의 일이다.

왕성의 공중정원.

'실로 훌륭하군. 일단은 무사해서 다행이다만…….'

프랑수아는 조금 전까지 리오의 저택에서 벌어진 전투를 초조하게 지켜보았다. 아니, 지금도 아직 저택 앞에 있는 사람들을 바라보고 있었다.

적의 움직임이나 배치로 보아 리오의 저택에 목적이 있

다는 것이 일목요연했기에 보았던 것도 있지만, 그것을 제하고도 눈을 떼지 못할 간담 서늘한 사건이 연속해서 일어났기 때문이었다.

구체적으로는 세리아, 사라, 아르마 세 사람이 몇십 마리나 있던 강력한 마물을 훌륭하게 섬멸한 것부터 시작해, 마법으로 신체 능력을 강화한 기사들조차 따라갈 수 없을 정도의 속도로 움직이는 용병들의 맹공이 계속되었고, 그런가 하면 거대한 짐승이 어딘가에서 갑자기 나타나서는 용병들과 싸우고, 아르마가 찔리고, 용사인 사츠키도 저택 밖으로 나와 싸우기 시작하고…….

게다가 공주들까지 정원으로 나오며 사라졌던 거대한 짐승들이 다시 나타났고, 일부 마물들이 성안에서 한꺼번에 모여들었고, 세리아나 미하루가 인질로 잡혔고, 상공에서 남녀가 내려와서는 엄청난 힘으로 용병들을 압도하기 시작하고, 거대한 새를 탄 자들이 달려오고…….

전황이 두 번, 세 번 역전되었다는 말로는 부족했다. 눈을 뗄 수 있을 리가 없었다. 도중부터는 보고하는 자들도 성가시게 느껴져 저택 이외의 장소 지휘는 부하에게 맡겼을 정도였다.

'그 정도 규모의 습격을 받고도 눈에 띄는 피해 없이 상황을 타개하다니…….'

일국의 대표로서는 여러모로 따져 묻고 싶은 것도 많았으나 지금은 기쁘게 생각할 때였다.

'하늘에서 나타난 이들도 십중팔구 하루토와 관련된 지인일 것이다. 이것저것 캐묻는 것은 하루토가 돌아오고 나서 해도 되겠지만, 감사를 전한다는 명목으로 긴밀한 이야기는 나눠보고 싶군. 샤를로트에게 교섭을 시킬까.'

"폐하, 적 부대가 철수를 개시한 것 같습니다! 어쩌죠, 추격할까요?"

프랑수아 곁으로 보고하는 기사가 다급히 달려왔다.

"……깊이 뒤쫓지 않는 범위에서 진행해라. 추적 과정에서 도시지역에 피해가 확대돼도 곤란해. 붙잡힌 적도 있을 테니 심문은 그놈들에게도 할 수 있다. 지금은 피해 상황 확인과 부상자 치유를 우선시해라."

"명을 받듭니다. 피해 상황과 관련해서는 부상자가 나왔지만 사망자는 아직 확인되지 않았습니다."

"호오, 우리나라 군인들도 아직 녹슬지 않았나 보군."

리오의 저택에 있는 사람과 비교하면……, 그런 마음도 들었지만 기쁜 얼굴을 굳이 감추지 않았다.

"하늘에 있던 적 부대는 시간 끌기가 목적인 것처럼 움직여서 유연하게 대처할 수 있었던 것 같습니다."

그리고 성 안답게 치유 마법을 사용할 수 있는 사람이 많았다. 즉사에 가까운 일격을 당하지 않는 한 회복 가능한 상태인 사람이 많은 것이 천만다행이었다.

"다른 건?"

"그리고 적들의 움직임이 묘하게 민첩한 것에 대해서도,

손에 든 검에 비밀이 있는 것 같았습니다."

보고 기사가 용병들의 장비품인 마검에 대해 보고할 때의 일이었다.

"오오오오오오오오오오오오!"

무언가가 울부짖기 시작한 것은 그때였다.

공중정원에 있는 사람들이 흠칫 몸을 떨었다. 목소리가 울려온 끝이 하늘인 것 같았기 때문이었다.

"뭐냐?!"

많은 사람이 반사적으로 머리 위를 응시했다.

"……저게, 대체 무엇이란 말이냐?"

프랑수아가 본 것은 절망을 본뜬 것 같은 존재였다.

영웅살인마.

지금으로부터 천 년 이상 전.

신마전쟁 시기에 수많은 영웅을 도살해 '영웅살인마'라는 이름을 갖게 된 존재가 있었다.

마검을 든 이름난 영웅들조차 두려워했던 그것의 이름은…….

드라우글.

"오오오오오오오오오오오!"

왕도 안에 큰 소리가 울려 퍼졌다.

마치 통곡의 외침 같기도 했다.

소리의 근원은 성에 남은 레버넌트가 아니었다. 상공을 나는 그리핀도 아니다. 오피아의 계약 정령인 에어리얼도 아니다. 헬이나 이프리타는 조금 전 중상을 입어 영체화한 상태였다. 애초에, 그 정도 사이즈의 생물에게서 나올 수 있는 소리가 아니었다.

"오오오오오오!"

이 목소리의 주인공이야말로, 영웅살인마 드라우글 그 자체였다.

리오의 저택 앞 광장.

"으음, 이거 또 성가신 게 왔군."

고우키가 불쾌한 듯 눈살을 찌푸리고 하늘을 올려다보았다.

"저, 저게 뭐야⋯⋯?"

사츠키가 몸을 떨며 입을 열었다. 그 정체가 한때 영웅살인마라 불렸던 전설의 괴물임을 아는 자는 이 자리에 없었다.

다만 만일 지금 이 자리에 아이시아가 있었다면, 상대가 영웅살인마라는 것은 몰라도 이 존재에 레이스가 관여했다는 것은 알아냈으리라. 아이시아는 이 영웅살인마와의 교전 경험이 있었기 때문이다.

로다니아에서의 일이다. 루시우스의 단서를 잡은 리오가 모두를 남기고 프로키시아 제국과 파라디아 왕국으로 여행을 떠난 동안 크리스티나와 플로라의 유괴 사건이 벌어졌고, 그때 로다니아에 남은 세리아 앞에 레이스가 모습을 드러낸 적이 있었다. 그때 영체화된 상태로 세리아를 호위하던 아이시아가 도망가는 레이스를 추적하자 레이스는 대량의 마물과 해골 기사들을 불러들여 아이시아를 습격하게 했다.

영웅살인마는 그중에서도 아이시아가 마지막으로 싸운 유달리 강력한 해골 기사였다. 다른 마물들과 달리 쓰러뜨리고도 마석을 남기지 않은 수수께끼의 존재. 레이스는 그 드라우글로 위장해 쓰러지면서 자신의 사망인 것처럼 꾸며냈다. 당시 아이시아는 그녀의 압도적인 힘으로 영웅살인마를 봉인했지만…….

그렇다고 영웅살인마가 약하다는 것은 아니다.

수많은 강자를 낳은 신마전쟁 시대에 영웅살인마 같은 거창한 별명이 약한 존재에게 붙여졌을 리 없다. 마검을 장비한, 실력이 뛰어난 전사들이 속속들이 죽어 나가는 탓에 영웅살인마라는 이름이 붙여진 것이다. 영웅들 여럿이 도전해야 간신히 토벌할 가능성이라도 있었기에 붙여진 별명이 바로, 영웅살인마.

미노타우로스가 왜소해 보일 정도의 십여 미터가 넘는 거구에 길이 수 미터에 이르는 거대한 한손검, 거기에 완강해 보이는 방패와 갑옷을 갖추고 있으며 등에는 날개까지 나 있었다. 마치 악마나 타락 천사 같은 외모였다. 그것이 바로 드라우글이었다.

그런 해골 기사가 명백한 증오가 깃든 형형한 눈동자로 상공 100미터 정도의 높이에서 지상을 내려다보고 있었다.

왕도에 있는 모든 인간들이 그 존재를 깨달았다.

"……저건 성의 부대에 맡겨도 되는 거야? 샤를."

전율의 바람이 일었다. 사츠키는 아득한 머리 위를 부유하면서도 압도적인 존재감을 내뿜는 드라우글을 올려다보며 조심스레 물었다.

이는 "하늘에 있는 용병들이 도주를 시작했다는 것은 탈환할 방법이 더는 없다는 증거겠죠. 나머지는 성에 있는 부대에 맡겨도 될 겁니다"라고 말했던 샤를로트를 향한 질문이었지만, 특히 비꼬려는 의도가 있던 것은 아니었다. 맡길 수만 있다면 맡기고 싶다고 사츠키의 표정이 말하고 있었다.

"……안 될지도 모르겠군요."

같은 생각을 하기는 샤를로트도 마찬가지였지만, 그럴 수도 없다는 것을 확신했을 것이다. 저 괴물을 쓰러뜨리기 위해서는 이 자리에 있는 사람들의 힘을 빌릴 필요가 있다고.

"확실히 이쪽을 주시하고 있군. 재미있어."

그때, 고우키가 천공의 영웅살인마를 마주 보며 입가에 의미심장한 미소를 머금었다.

"아, 아니, 아니! 재미없거든요! 전혀!"

사츠키가 거칠게 반박했다.

"여긴 본인에게 맡겨주십시오. 상대의 전투법도 알지 못하니 여러분은 장벽을 치고 수비를 굳히는 것이 최선일 것 같습니다."

"혼자 싸우겠다고 기세등등하시군요. 저도 가겠습니다, 대감."

싸울 의지가 가득한 고우키 옆으로 카요코가 함께 섰다.

"음, 그렇군. 하지만 그러는 그대도 흥분한 것 같은데."

고우키가 씩 웃으며 아내인 카요코를 보았다.

"물론입니다. 하루토 님이 부재하신 이 자리야말로 우리의 진면목을 시험할 수 있으니까요. 여기서 분발하지 않으면 언제 하겠어요?"

"그렇지. 이 자리에 계신 분들을 보호하는 것이 곧 하루토 님께 충성을 다하는 것이다. 그분을 위해서 이 검을 휘두른다는 실감이 드는군. 그렇다면 괴물은 환영! 상대로서 부족함이 없다! 바라던 바라고 할 수 있겠군!"

고우키가 하늘로 검을 들어 올리며 용맹하게 날뛰었다. 심장을 움켜쥐는 듯한 우렁찬 포효와 압도적인 불길한 존재감에 다른 사람들이 짓눌린 한편, 고우키도 카요코도 전혀 겁을 내지 않았다. 하지만 그런 두 사람의 모습을 보고 다른 사람도 용기를 낸 것일까.

"……저도 싸우겠습니다!"

사라가 먼저 외쳤다.

"나도 싸울게." "당연히 나도."

세리아와 오피아도 뒤를 이었다.

"음, 아니요. 여러분들은 수비를 맡아주셨으면 합니다. 하루토 님이 부재하신 상황에서 무슨 일이 생겨서는 안 되니까요."

고우키가 황급히 전투를 만류했다.

"그래서 그런 겁니다."

"응, 맞아요!"

하지만 사라와 오피아는 양보하지 않겠다는 의지를 드러냈다.

"으음……."

고우키는 그럼에도 내키지 않는 듯했다.

"하루토가 없는 지금이기에, 저희도 함께 싸워 이 난관을 극복해야 합니다. 여기서 보호만 받는다면 전 분명 앞으로도 계속 하루토에게 보호만 받는 존재가 될 테니까요……. 보호받기만 하는 존재가 아니라는 걸 보여주고 싶습니다. 제가 약한 탓에 하루토가 멀어지는 건 원치 않아요!"

다음으로 그를 설득한 것은 세리아였다. 조금 전 루치일행 앞에서 전했던 자신의 마음을, 영웅살인마 앞에서도 변함없이 드러내며 호소했다.

"진정한 의미에서 함께 싸울 수 있는 건 아이시아 님뿐이니까요. 지금 여기 두 분이 있다고 해도 하루토 씨는 아이시아 님을 보호를 위해 남겨두고 분명 혼자 쓰러뜨리러 갈 겁니다. 근데 그게 조금, 쓸쓸하고 분해요."

"우리를 생각해 주는 건 알겠지만, 조금 더 의지해줬으면 좋겠단 말이지."

"맞아!"

동조하듯 사라와 오피아도 속마음을 털어놓았다. 어쨌든 싸울 동기는 더는 말할 필요가 없을 정도로 충분히 나왔다.

지금 이 상황은 고우키나 카요코가 리오에게 충성을 다하기 위한 첫 출진이었다. 동시에, 소녀들에게는 리오나 아이시아가 없는 곳에서 전례 없는 난적에 대항하는 첫 출진이기도 했다.

"소녀의 마음을 헛되이 하는 건 연장자가 할 짓이 아니랍니다, 대감."

"……음, 아야메 님께 무모한 부탁을 받았을 때가 떠오르는군."

세 사람의 마음이 확실히 닿은 것일까.

"어차피 공중에서 저것과 사투를 벌인다면 에어리얼의 협력이 반드시 필요하겠죠. 순순히 힘을 빌리도록 해요."

카요코가 고우키에게 말했다.

"잘 알겠습니다. 그럼 다함께 저 녀석을 쓰러뜨립시다."

이리하여 각자의 결의가 정해졌다.

"미하루, 지상의 방비를 위해 이프리타와 헬을 당신에게 맡기겠습니다. 두 마리에게 마력 장벽을 쌓게 할 테니 마력 공급을 부탁드릴 수 있을까요? 공격하는 것만이 싸움은 아닙니다. 당신에게만 부탁할 수 있는 대역(大役)입니다."

영웅살인마와 싸우는 데 있어서 공격만을 생각할 수는 없었다. 사라는 수비의 요체로서 마력량이 풍부한 미하루를 지목했다.

"……응, 맡겨줘."

지금의 자신이 상공에 나타난 적과 싸울 수 있을 거라는 생각은 들지 않았다. 아무것도 못한 채 방해만 될 것이다. 지금의 자신의 역량을 절감하고 있기에 미하루는 조금 쓸쓸한 표정을 지었다. 그러나 그렇다고 나약하게 고개를 끄덕인 것은 아니었다. 그 목소리에는 지금 자신이 할 수 있는 일을 확실히 하겠다는 굳건한 의지가 담겨 있었다.

"이 틈에 용병들이 다시 쳐들어올 수도 있습니다. 그들을 제압할 수 있는 것은 스즈네와 사츠키 씨입니다! 두 사람은 다른 분들의 호위를 부탁합니다!"

사라는 라티파와 사츠키에게도 지시를 남겼다.

"응!" "……알았어!"

두 사람은 긴장된 얼굴로 고개를 끄덕였다.

"……."

한편 영웅살인마는 유유히 날며 지상을 내려다보고 있었다.

"……저 괴물은 왜 지상으로 내려와 덮치지 않는 걸까요?"

플로라가 의아하다는 듯 고개를 갸우뚱했다. 분명 마음만 먹는다면 진작에 내려와도 이상하지 않은 상황이었다.

"먼저 나타난 마물들도 용병들을 거들듯이 날뛰었죠. 어떤 방법으로 그것을 가능하게 하는지는 모르겠지만, 천상의 사자단에 관련된 누군가가 뒤에서 마물들을 조종하고 있는 것은 분명합니다. 그렇다면, 지상에 있는 동료를 말려들게 하지 않으려는 것일지도 모릅니다."

크리스티나가 주위를 둘러보며 추측했다. 전투가 불가능해진 용병들을 한데 모아둘 시간이 없었기에 곳곳에 기절한 이들이 쓰러져 있었다. 지금 영웅살인마가 내려오면 그들이 말려들게 될 테니 그것을 꺼리는 것일 수도 있었다.

어쨌든 괴물이 어떻게 움직일지는 읽을 수 없었다. 이 정적이 언제까지 계속될지도 모른다. 상대가 어떤 공격을 할지도 모르고, 뭔가 다른 이유가 있어 지금만 공격을 하지 않는 것일 수도 있다. 압도적으로 정보가 부족했다.

하지만 그래도 선택해야만 했다.

"지상에서 난폭하게 굴다가 하루토 님의 저택이나 성에 피해를 주는 것은 저희도 원치 않습니다. 본인은 일단 치고 나가는 게 어떨까 싶습니다만⋯⋯."

가장 먼저 선택지를 제시한 것은 고우키였다.

"그렇겠죠. 오피아, 에어리얼을 불러줘."

"응, 타세요! 그리고 세리아 씨는 이걸로 마력을 회복해주세요."

오피아를 포함한 모두가 큰 새의 등에 올라탔을 때, 오피아가 세리아에게 정령석을 건네주었다. 그것이 무엇인지를 금방 알아차린 세리아가 감사를 전했다.

"고마워!"

조금 전의 전투에서 장벽을 계속 치고 있던 덕분에 세리아의 마력은 텅 비어 있었다. 중간부터는 과거 리오에게서 받은 정령석에 깃든 마력을 끌어내 마법을 유지했는데, 추가로 마력을 회복할 수 있다면 더 바랄 것이 없었다.

"자, 이제 갑시다!"

고우키의 구호와 함께 에어리얼이 상승하기 시작했다.

"우우우우우우우우우우우!"

그것을 기다렸다는 듯 천공에 있는 타락 천사 모습의 해골 기사가 우렁차게 포효하며 왕도 안의 대기를 쩌렁쩌렁 울렸다.

"일단 저와 오피아가 먼 거리에서 공격하면서 상황을 지켜볼까 해요."

세리아가 오피아와 얼굴을 마주보며 자청했다.

"명을 받들겠습니다. 접근전은 본인과 카요코, 그리고 사라 공 담당이겠군요."

각자가 가진 뛰어난 전투 스타일이 일목요연했기에 역할 분담은 곧바로 결정됐다.

"일단 중급마법으로 시간을 벌게. 오피아, 상대의 움직임을 보고 나서 큰 공격을 부탁해!"

"네!"

"《셉텟 매지션 · 매직 캐논》."

비상하는 에어리얼의 머리 위로 일곱 개의 마법진이 떠올랐다. 그리고 점차 목표물을 좁혀 일곱 줄기의 광선을 차례로 쏘았다.

인사 대신 발사된 포격 하나하나에는 마검에 의해 신체 강화를 한 전사라도 직격하면 전투 불능이 될 수 있는 위력이 담겨 있었다.

'피할 생각이 없어?'

영웅살인마는 피할 생각조차 없어 보였다.

"……"

곧이어 차례차례 다가오는 포격을 손에 든 방패로 차분하게 막아냈다.

"미, 믿을 수가 없어……."

다섯 번째, 여섯 번째 포격을 퍼붓던 세리아가 아연실색했다. 공중에서 다소의 시간 끌기는 가능하겠지만, 중급의 포격 마법을 정면으로 연달아 당하고 있다는 데 너무 태연했기 때문이다.

이윽고 세리아가 일곱 번째 포격을 사출했다.

"이거라면!"

오피아가 에어리얼의 등에 올라탄 상태로 한 줄기 거대한 빛의 화살을 발사했다. 자력 비행을 하지 않고 하늘을 나는 정령술에 소모되는 처리능력까지 동원했기에 세리아가 방금 쏜 포격 하나하나보다도 훨씬 컸다.

"우우우우!"

영웅살인마는 방패를 겨눠 공격을 막아내지 않고 그대로 방패를 휘둘러 포격을 후려쳤다. 결과적으로 대미지는 입히지 못했다.

"과연…… 상당히 수비에 자신이 있는 것처럼 보이는군요. 하지만 방패를 휘둘러 떨쳐내야 할 만큼의 위력은 있었다는 뜻이겠지요."

고우키는 이를 빠르게 해석했다.

'오피아의 일격에는 상급 마법 수준의 위력이 담겨 있었다. 대미지를 노린다면 나도 상급 이상의 공격마법을 써야겠어.'

세리아는 망설임 없이 다음으로 사용할 공격마법 후보를 떠올렸다.

"그렇게 되면 갑옷도 그렇지만 저 방패가 어지간히 눈에 거슬리네요."

카요코가 성가시다는 듯 탄식했다.

"네. 멀리서 쏜 기술은 우선 저 방패에 막힐 것이고, 당연히 필요하다면 공격도 피할 수 있을 것 같습니다."

사라도 원거리 공격의 난이도를 깨닫고 어두운 표정을 지었다. 그러는 사이 에어리얼의 고도가 영웅살인마보다 더 높아졌다.

"어쨌든 녀석의 견고함을 알게 된 것은 큰 수확입니다.

먼 곳에서 쏟아진 술에 대한 반응을 보여주었지요. 그렇다면 다음은 근거리 칼싸움에 대한 반응과 움직임을 확인해 보면 될 일! 자, 우선은 본인이!"

고우키가 에어리얼의 등 뒤에서 뛰어내려 그대로 하늘을 달려 영웅살인마의 머리 위까지 다가갔다. 그리고 그 움직임은 이미 상대도 눈치챈 상태였다.

"……."

서로의 시선이 마주했다.

"크핫! 가까이서 보니 정말이지 무식하게 크군!"

영웅살인마와의 신장 차이는 가볍게 잡아도 열 배 가까이 났지만, 고우키는 유쾌한 듯 웃으며 겁 없이 정면으로 파고들었다.

먼저 무기를 휘두른 것은 영웅살인마였다. 몇 미터나 되는 한손검을 들고 있어 고우키와는 차이가 명백했다. 하지만 그런 것은 당연히 고우키도 이해하고 파고들었다.

'반응도 최상에, 겨냥도 적확하다! 속도도 빠르지만…….'

고우키는 공중에서 점프하여 공격을 피했다. 그 바로 아래로 영웅살인마의 검이 빠져 나갔다.

"수비가 얇은 곳은 어떠냐!"

풍압으로 몸이 두둥실 떠오른 지점에서 고우키는 투구와 갑옷 틈새를 비집고 영웅살인마의 목을 겨냥했다. 그러나 쉽게 목을 내주지는 않았다. 영웅살인마는 방패를 휘둘러 눈앞에 다가온 고우키를 날려버리려 했다.

"이런! 역시 성가신 방패로군!"

고우키는 영웅살인마와 비교해 몸집이 작다는 강점을 살려 날렵하게 공격을 피했다. 그리고 잠시 에어리얼 근처로 돌아갔다.

"반사나 동작 속도 자체는 본인이 대처할 수 있지만, 거대한 체구에 장비한 검과 방패가 걸림돌입니다. 역시나 수비는 단단해 보이는군요. 원격 기술로 놈을 죽인다면, 본인이 돌아다니며 교란할 테니 방패를 세울 여유조차 없는 상태에서 강력한 술을 때려 박는 것이 좋을지도 모르겠습니다."

고우키가 떠오른 공략법을 말했다.

"아니면 저와 오피아가 방패를 튕겨내고, 여러분의 일격을 갑옷으로 보호되지 않은 곳에 쏘는 방법도 있을 것 같습니다."

세리아도 다른 측면에서 공략법을 찾았다.

"하하, 그것도 통쾌한 방법이군요. 그 단단한 거구를 베어서 쓰러뜨릴 수 있다 생각하면 실로 끌리는 제안입니다. 하지만 아직 빈틈다운 빈틈이 보이지 않는 것도 사실입니다. 어쨌든 좀 더 싸워서 놈의 움직임과 약점을 살펴보도록 하지요!"

고우키는 그렇게 말하고, 다시 영웅살인마와의 거리를 좁혔다.

"저도 가겠습니다."

"저도 다녀올게요!"

카요코와 사라도 에어리얼에서 뛰어내렸다. 이리하여 5명의 강자가 영웅살인마에 도전하는 전쟁이 본격적으로 시작되었다.

【 제 6 장 】 ✣ 바람의 태도

시간은 영웅살인마가 나타나기 직전까지 거슬러 올라간다.

적 항공전력의 발을 묶고 있던 알레인의 부대가 신호탄의 신호를 받고 왕성을 떠나기 시작했다.

"도망쳐! 도망쳐라! 붙잡히면 못 데려간다!"

알레인이 후방을 날면서 그보다 뒤쪽으로 날아오는 동료들을 재촉했다.

"빌어먹을, 이만한 희생을 치렀는데……."

인질 확보라는 목적을 달성하지 못한 채 어쩔 수 없이 철수하고 있는 것이다. 결과를 내지 못한 이상 이는 곧 패주와 다름없었다.

습격 시에는 총원 50명이 가르아크 왕성을 공격했지만, 후퇴하는 지금은 반 이하로 그 수가 줄어 있었다.

뛰어난 아군이 25명 이상, 또한 그들이 장비하고 있던 마검 모조품도 잃어버렸다. 천상의 사자단에 있어서는 간과할 수 없는 큰 손해였다. 그 안타까운 사실에 알레인의 얼굴이 찌푸려졌다.

'적어도 저택에 있는 무리만이라도 탈환할 수 있으면 좋겠는데…….'

전원이 생존했다고는 할 수 없지만, 철수를 개시한 시점에서 기사들에게 포박된 자가 있다는 것은 육안으로 확인했다.

그러나 탈환은 사실상 불가능에 가까웠다. 기습을 실시한 시점에는 마물을 이용해 성내의 경비 배치도 엉망으로 만들었고, 도중까지는 레이스의 항공 지원 덕분에 전황을 교란하기도 쉬웠다. 그러나 습격으로부터 시간이 흘러 알레인 일행도 철퇴를 개시한 지금, 가르아크 왕성의 방위 부대는 이미 포진을 갖추고 있을 것이다. 그런 장소에 설사 부대가 총출동해 돌격해 봤자 다 같이 아픈 꼴을 볼 것이 뻔했다.

실제로 지금도 후방 수십 미터 위치에 가르아크 왕국의 공전기사 부대가 추격을 위해 뒤쫓아 오고 있었다.

'버릴 수밖에 없어, 버릴 수밖에 없다고…….'

알레인은 애써 그렇게 타일렀다.

그때였다.

"오오오오오오오오오오오!"

왕도 안의 대기가 떨렸다.

"우와악! 잠깐!"

알레인이 흠칫 몸을 떨었다. 그를 태운 그리핀도 놀란 것인지 비행 도중 크게 균형을 잃었다.

"뭐야, 저건……."

이 순간만큼은 도주하고 있는 알레인 일행도, 추격을 시도하던 가르아크 왕국의 공전기사들도 서로를 전혀 신경쓰지 못했다. 너나 할 것 없이 머리 위에 나타난 해골 기사에게 시선을 빼앗겼다.

"……저것도 나리가 조종하는 건가? 하지만 습격 전 작전회의에서 저런 괴물을 투입한다는 말은 한마디도……."

상공에 있는 해골 기사, 영웅살인마는 알레인 쪽 용병단에게도 예상치 못한 존재였다. 다만, 적어도 이 습격에서 누가 마물을 조종하고 있는지는 알고 있었다.

"어떻게 돌아가는지는 모르겠지만, 추격자도 겁먹은 지금이 기회다. 이 틈에 도망친다!"

알레인이 가장 먼저 정신을 차리고 도주에 의식을 집중했다. 다행히 추적 부대는 왕성 피해를 우려했는지 더 이상의 추격을 중단하고 돌아가기 시작했다.

그로부터 몇 분 후, 간신히 왕도 밖까지 탈출하는 데 성공했다.

'……하아.'

장소는 왕도 근교. 알레인 일행은 작전 종료 후 집결 지점으로 정해둔 숲 속 샘 앞에 내려섰다. 그리핀 위에서 내리는 순간 강하게 피로가 몰려왔는지 다들 그 자리에 털썩 주저앉았다. 말수는 적었고 한숨을 쉬며 저마다의 피로를 토해냈다.

"흐음, 상당히 줄었군요."

그러자 레이스도 하늘에서 내려와 완전히 수가 줄어든 알레인 일행을 둘러보며 말했다.

"나리……."

"목적을 달성하지 못했다는 것은 이미 파악했습니다."

"⋯⋯."

제일 먼저 생각난 건 변명거리였기에 알레인은 얼굴을 찌푸리며 입을 다물었다. 다른 사람들 역시 벌레를 씹은 듯한 얼굴로 침묵했다.

"당신들을 비난할 생각은 없습니다. 여러분도, 저택을 담당했던 그들도 실제로 일을 잘해 주었어요. 마검을 장비한 실력 있는 용병이 50명입니다. 저택을 담당한 사람은 그중 스무 명뿐이지만 그럼에도 상당한 전력이에요. 그야말로 대국의 왕성에 기습을 가해 피해를 줄 수 있을 정도로 말이죠. 그래서 충분한 전력이라고 생각한 제 판단이 틀렸던 모양입니다. 저택의 방비가 상정 이상으로 두터웠죠. 더불어 예기치 못한 지원군까지."

두 손 들었다는 듯 레이스는 실제로 두 손을 연극적으로 들어 보였다. 그리고는 왕도가 있는 쪽 상공을 응시했다.

"덕분에 저런 것까지 끌어낼 수밖에 없는 상황이었습니다."

그 시선의 아득한 끝에는 고우키 일행과 싸우고 있는 영웅살인마의 모습이 있었다.

"역시 저건 나리가 한 겁니까?"

"네."

레이스는 숨기지 않고 고개를 끄덕였다.

"⋯⋯."

비난의 말을 뱉지는 않았다. 하지만 저런 강한 괴물을

숨기고 있었다면 처음부터, 혹은 좀 더 빨리 투입해줬으면 좋지 않았을까, 알레인의 표정이 그렇게 말하고 있었다. 그런 그들의 속마음을 짐작한 것인지 레이스가 이렇게 말했다.

"저것을 여기서 싸우게 하는 것은 본의가 아니었습니다. 저것을 내놓음으로써 저도 마땅히 잃은 것이 있죠."

다시 말해, 레이스의 생존을 리오가 확신하게 된다는 것.

레이스가 리오 일행에게 자신의 사망을 꾸며 위장했다는 것은 알레인 일행에게도 설명했지만, 저 영웅살인마를 자신으로 오인하게 하여 아이시아에게 당하게 했다는 것까지는 설명하지 않았다. 그래서인지 그는 잃어버린 것이 무엇인지 분명하게 말하지 않았다.

"……그럼, 왜 저런 것을?"

싸움에 투입한 것이냐, 라는 뜻을 담아 알레인이 물었다.

"이번 습격을 통해 알았겠지만, 검은 기사 주위에는 방해가 될 만한 실력자들이 모여 있습니다. 인질을 확보하지 못했다면, 적어도 방해가 될 만한 자만이라도 없애야겠다고 생각한 것이 하나. 또 하나는, 당신들에게 부탁할 것이 있습니다."

"부탁이요?"

"루치가 가진 마검은 당신들에게도 단장의 유품에 해당하니 되찾을 수 있다면 되찾고 싶겠죠? 그러니 지금부터 루치와 그 마검을 회수해 오세요."

레이스는 부탁의 내용을 털어놓았다.

"아, 아니, 아니. 그야 구하러 갈 수만 있으면 가고 싶지만, 이 상황에서 돌아가면 성에 있는 무리에게 무조건 저격당할 겁니다! 상공에 저런 괴물이 나타났다고는 해도 외부에서 오는 재습격도 경계하고 있을 거라고요!"

죽으러 가는 것이나 다름없다며 알레인이 거칠게 반박했다.

"무작정 정면 돌파로 가라고는 하지 않겠습니다. 이것을……."

레이스는 품 안에서 보석처럼 반짝이는 돌을 꺼냈다.

"이건……."

"필요하다면 평소에도 쓰잖아요? 일회용 전이결정입니다. 이걸로 저택 근처까지는 접근할 수 있을 겁니다. 그리고 이건 탈출용 전이결정입니다."

"어느 틈에……?"

"루치 쪽이 워낙 불리한 상황이었기에 혹시나 해서 혼잡을 틈타 저택 부근에 전이 장소 좌표를 설정한 돌을 박아두었습니다."

"……과연, 빈틈이 없군."

알레인이 두려움을 담아 중얼거렸다.

"그것에게는 최대한 상공에서 싸우도록 지시를 내렸으니 지금이라면 적의 주력도 하늘에 묶여 있을 것입니다. 저택이 있는 지상은 허술해져 있을 거예요."

레이스가 히죽 미소 지었다.

"……여유가 있다면 다른 사람들도 데려와도 괜찮습니까?"

"아시다시피 일회용 전이결정의 정원은 6명입니다. 저택에 남아 있는 모든 사람을 데려오는 건 불가능하죠. 이를 감안해도 여유가 있다면 상관없지만, 최우선 회수 목표는 루치와 루시우스의 마검입니다. 섣불리 욕심을 내다 회수에 실패하면 귀중한 이 전이결정은 허사가 되는 데다 적에게 빼앗겨 악용될 수도 있습니다. 그것을 염두에 두세요."

회수 실패는 원치 않는 것인지 레이스가 정성껏 쐐기를 박았다.

"……알겠습니다. 할게요. 안 할 이유가 없습니다. 돌격조를 편성해 곧 떠나겠습니다."

알레인은 레이스에게서 전이결정을 받아들었다.

한편, 장소는 왕도 상공.

고우키 일행과 영웅살인마의 싸움은 극도로 치열했다. 고우키, 카요코, 사라 세 사람이 전위로 종횡무진 하늘을 누비며 영웅살인마를 에워쌌다.

영웅살인마의 전투 스타일은 근접 전투에 특화되어 있었다. 파워나 스피드, 검사로서의 기량 같은 능력치가 고루 높았다.

"역시 이놈, 순수하게 검사로서의 완성도가 높군. 방패를 사용한 수비도 실로 뛰어나다. 무엇보다 단단해. 정면 돌파는 어렵겠어. 상대할 때는 주의를 끄는 것으로 일관하는 것이 좋을 것 같군."

지금 정면으로 부딪친 것은 고우키였다.

영웅살인마는 손에 쥔 검과 방패를 구사해 기본에 충실한 틀을 깨뜨리지 않은 채 실로 스케일이 큰 근접 전투를 치르고 있었다.

"우아아아!"

원거리 공격 수단은 가지지 않은 것 같지만, 이렇게 방패를 휘두르기만 해도 바람이 거세게 불었다. 검을 휘둘러도 그 여파로 바람이 휘몰아쳤다.

"핫!"

고우키는 공중에서 몇 차례 점프해 바람이 세차게 부는 곳에서 벗어났다. 그러자 영웅살인마 옆에서 돌고 있던 사라가 이어서 달려들었다.

"하아아앗!"

사라의 단검이 영웅살인마의 투구에 닿았다. 그 순간 머리가 순식간에 얼어붙으며 금세 거대한 얼음에 감싸였다.

"앗……!"

하지만 영웅살인마는 두려워하지 않았다. 움직임도 멈추지 않은 채 바로 코앞에 있는 사라를 뿌리치듯 힘껏 팔을 들어올렸다.

"윽!"

사라는 순간 뒤로 도약해 거리를 벌렸다. 머리통이 얼어 붙었다 한들 보이는 경치는 변하지 않는다. 마치 그렇게 말하기라도 하듯 영웅살인마는 도망가려는 사라를 겨냥해 검을 휘둘렀다.

"윽……, 대체 어디에 눈이 달린 거예요!"

이번엔 세로 방향으로 도약해 참격을 피했다. 대검이 바로 아래를 스치며 만들어 낸 폭풍에 몸을 맡긴 사라가 잠시 후 빙글 공중을 돌며 외쳤다.

"에잇!"

그때, 자력으로 비상하며 날던 오피아가 대담한 빛의 화살을 여러 방 쏘았다. 하나하나의 위력이 거의 중급 공격 마법에 필적하는 화살들이 짜 맞춘 듯 궤도를 그리며 얼어 붙은 드라우글의 머리로 향했다.

"……!"

중급 마법 정도로는 꼼짝도 않는 철벽. 크게 몸을 뒤튼 영웅살인마가 방패를 휘둘러 광범위하게 다가오는 빛의 화살을 한꺼번에 베어 버렸다. 하지만 본 목적은 따로 있었다.

"《그레이터 매직 캐논》."

세리아가 에어리얼의 등에 올라탄 상태에서 드라우글의 언 머리를 향해 특대 마력포격을 사출했다. 이는 단순하지만 고위력을 가진 상급 공격마법으로 오피아가 방금 쏜 빛의 화살을 모두 아우른 만큼의 위력이 담겨 있었다.

그러나 역시 공격을 파악한 것인지 상체를 크게 돌려 시원스레 포격을 피하고 말았다.

"그렇다면!"

카요코가 양손에 쥔 손칼에서 물의 채찍을 꺼내 영웅살인마의 목을 휘어잡았다. 그리고 그대로 힘껏 손칼을 잡아당겨 자세를 무너뜨렸다.

"대감!"

"음! 오의, 제2검, 《섬공》!"

어느새 등 뒤로 돌아간 고우키가 30미터 정도의 간격을 순식간에 메우더니 영웅살인마의 등을 베었다.

카마이타치 덕분에 고우키의 오의도 위력이 상당히 향상되었다. 참격에도 상당한 위력이 담긴 것인지 영웅살인마의 몸이 크게 앞으로 기울었다. 쩌억, 등의 갑옷에도 작은 금이 간 것을 고우키는 놓치지 않았다.

"바로 갑니다!"

수비가 단단한 드라우글이 자세를 무너뜨린 이 순간은 더없이 좋은 기회였다. 오피아도 거침없이 빛의 화살을 추가로 연거푸 쏘아대며 머리에 모두 명중시켰다.

"하아아아앗!"

사라도 마력을 다 모았는지, 단검 끝에 길이 2미터 남짓한 얼음덩어리를 입혀 대검으로 만들고는 머리 위에서 있는 힘껏 내려쳤다.

영웅살인마의 머리가 쿵 내려앉았다.

"이번이야 말로!《그레이터 매직 캐논》."

세리아가 전방으로 돌아 두 번째 특대 마력포를 바로 앞에서 몸체에 직격시켰다. 갑옷의 앞부분에 커다란 금이 가고 앞으로 기울어졌던 드라우글의 자세도 크게 밀려났다.

"성공했다!"

꽤 유효한 대미지를 주었다고 생각한 세리아 일행이 기뻐했다.

그 직후의 일이었다.

"으아아아아!"

영웅살인마가 밀려난 기세 그대로 날갯짓을 하더니 단숨에 상승하기 시작했다.

"어떻게?!"

아직 이 정도로 멀쩡하게 돌아다니는 것인가. 고우키가 놀라 외쳤다.

엄청난 내구력에 모두가 아연실색했다.

"하지만, 투구와 갑옷에 금이 간 것은 확인했습니다! 지금처럼 단번에 공격을 할 수 있다면……!"

막을 수 있을지도 모른다고, 사라가 기대를 담아 말했다.

"그렇지만 완전히 경계 태세로 들어간 것 같군요."

고우키가 떨떠름한 얼굴로 말했다. 공격으로 자신의 방어를 무너뜨릴 수도 있는 상대라는 것을 깨달았는지, 영웅살인마는 고우키 일행에게서 거리를 두고 주위를 날아다니기 시작했다. 속도가 상당히 빨라서 자유롭게 날아다닐 수 있는 오피아나 에어리얼의 등에라도 타지 않으면 따라잡기 어려울 정도였다.

"저렇게나 빨리 날아다니면 공격하기가 쉽지 않겠어요. 섣불리 다가가는 것도 위험합니다."

오피아가 빛의 화살을 쏘았지만 매끄럽게 피해버렸다.

"저, 저 투구랑 갑옷, 복구되지 않았습니까?"

사라가 경악하며 소리쳤다.

"……응, 그러네."

오피아가 표정을 굳히며 고개를 끄덕였다. 사라의 말대로 영웅살인마가 몸에 걸친 갑옷과 투구에 생겼던 금이 급속도로 메워지는 것이 보였기 때문이다.

단숨에 모두 복구된 것은 아니지만, 수십 초도 안 돼 원래대로 돌아가 버릴 정도의 속도로 금이 줄어들었다.

쓰러뜨리려면 몸체인 뼈에 대미지를 입혀야 하는데, 이렇게 된 이상 무식하게 단단한 갑옷이나 투구에 금을 내는 것부터 다시 시작해야 했다. 게다가 갑옷이나 투구에 금이 가면 거리를 벌려 그사이에 복구된다.

"저렇게 크고, 단단하고, 민첩한데 회복까지 빠르다니 반칙이잖아……."

도대체 어떻게 해야 하지?

세리아의 얼굴에 절망적인 초조함이 감돌았다.

어찌할 바를 모르는 것은 당연했다. 세리아 일행은 모르지만, 신마전쟁 시대에도 이 수복되는 철벽 수호를 무너뜨리지 못하고 탈진해 버린 영웅들이 많았다.

"……생각했던 것 이상으로 성가시군요."

기세 좋게 주변을 선회하는 영웅살인마를 노려보며 카요코가 중얼거렸다.

그때였다.

"아아아아아!"

선회하던 영웅살인마가 궤도를 변경하더니 세리아 일행을 향해 힘차게 돌진해 왔다. 이 순간엔 이미 투구와 갑옷도 말끔히 복구되었고, 손에는 투구나 갑옷보다도 훨씬 견고한 방패를 쥐고 있었다.

"큭!"

고우키, 카요코, 사라, 오피아, 그리고 에어리얼을 탄 세리아가 저마다 흩어지며 목표를 좁히지 못하게 했다. 그러자 영웅살인마는 고우키를 표적으로 정했는지 한눈도 팔지 않고 접근하기 시작했다.

이 정도 질량을 가진 상대와 정면으로 부딪친다면, 아무리 몸을 강화시켜 육체를 튼튼히 해도 인간은 버티지 못할 것이다.

"오오! 정말 성가시군요!"

아슬아슬한 곳까지 버티던 고우키는 간신히 회피에 성공했다. 고우키는 매서운 시선으로 그 뒷모습을 바라보았다.

"여러분, 일단 에어리얼에 타주시겠어요? 이대로라면

점점 더 악화됩니다! 마력도 체력도 보존해 둬야 해요!"

세리아가 고우키, 카요코, 사라, 오피아에게 호소했다.

"그러네요! 에어리얼, 모두를 부탁해!"

오피아가 이름을 부르자 에어리얼은 근처에 있던 카요코, 사라, 고우키 순서로 거둬들였다. 그리고 마지막에 오피아가 그 등에 올라탔다.

"저 거구에 저만한 속력을 가진 적입니다. 아까처럼 에워싸고 사방에서 공격을 가하는 것은 힘들지도 모르겠군요……."

고우키가 못마땅한 표정으로 선회해 쫓아오는 영웅살인마를 응시했다.

"이대로 하늘을 날아서 어디론가 가주지도 않겠죠……."

세리아가 가망이 희박하다는 듯한 얼굴로 중얼거렸다.

"확실하게 이쪽을 노리고 있으니까요. 현재 지상으로 향하는 기척이 없는 것은 다행이지만, 그것이 언제까지 계속된다는 보장도 없습니다. 빨리 쓰러뜨려야 하는데 생각했던 것 이상으로 난적입니다. 이거 곤란하군요."

하지만 말과는 달리 고우키는 책상다리로 앉아 호전적인 미소를 지으며, 차분히 쫓아오는 영웅살인마를 바라보았다.

"별로 곤란한 얼굴로 보이지는 않는데요."

사라가 고우키의 표정을 보고 어이없다는 얼굴로 중얼거린다.

"그저 싸움밖에 모르는 치일 뿐이니 신경 쓰실 필요 없습니다. 머지않아 엉뚱한 계책을 떠올릴 테니 잠시만 기다려 주십시오."

평소와 같은 일이라는 듯 카요코는 아주 익숙한 모습이었다. 하지만, 동시에 고우키가 생각해 낼 작전을 신뢰하고 있다는 것도 알 수 있었다.

'음, 몸에는 튼튼한 갑옷을 입고 방패를 두르고 있다. 쓰러뜨리려면 그것을 파괴하고 본체의 뼈를 부숴야 하는데 현재로서는 방패에는 흠집 하나 나지 않았지. 투구와 갑옷은 부술 수 있어도 시간이 지나면 복구되어 버린다. 이렇게 되면, 어딘가로 조금 전 이상의 공격을 집중시켜서 투구나 갑옷의 복구가 따라잡을 수 없을 정도의 속도로 단번에 본체의 뼈를 부술 수밖에 없을 것 같은데……, 이렇게 빨리 날아다니니 그것도 어렵겠군…….'

사실 영웅살인마를 쓰러뜨리기 위해 필요한 전술 자체는 단순했다. 일찍이 아이시아가 한 것처럼 영웅살인마를 웃도는 속도로 접근해 방패나 갑옷의 복구가 따라잡지 못할 정도로 단번에 고위력을 가진 공격으로 밀어붙이면 된다.

하지만 단순하기에 어려운 것이다.

'내 오의를 몇 번 정도 내려칠 수 있다면 갑옷을 부수고 본체에 손상을 줄 수도 있을 것 같은데, 그러기 위해서는 움직임을 멈춰야 해. 음…….'

문제는 어떻게 저 빠르게 날아다니는 괴물을 상대로 움직임을 멈추고 오의를 모두 때려 박느냐 하는 것이었다.

고우키는 그에 대해 생각했다.

'공격할 수 있는 최적의 타이밍은 저쪽이 먼저 다가올 때뿐……. 하지만 방패를 이용한 전면 방어력에는 특히 자신이 있어 보인다. 어설픈 공격으로는 무시하고 그대로 쳐들어오겠지. 아니, 하지만 그렇군. 놈이 파고들 타이밍이라면…….'

거기서 고우키는 무언가가 생각났는지 씨익 입가를 일그러뜨리고는 입을 열었다.

"제게 비책이 있습니다."

◇ ◇ ◇

저택 앞에서는 미하루 일행이 숨을 삼키고 상공의 전투를 지켜보았다. 바로 옆에는 헬과 이프리타가 이중으로 장벽을 펼쳐 그들을 보호하고 있었다.

영웅살인마가 지상으로 내려올 기미는 없는 것 같으니 일단 장벽 안에만 있으면 안전은 확보된 셈이었다.

"샤를로트 님, 이 틈에 쓰러져 있는 용병들을 구속할까 합니다."

샤를로트의 친위대장을 맡은 루이즈도 그렇게 판단했는지 근처를 둘러보며 샤를로트에게 제의했다. 용병들을 쓰러뜨린 지 얼마 안 돼 영웅살인마가 출현했기 때문에 주위에는 아직도 구속되지 않은 용병들이 널려 있었다.

용병들이 쓰던 마검의 회수도 아직 끝나지 않았다. 개중에는 맞은 곳이 좋지 않아 숨이 끊어진 사람도 있겠지만, 그저 의식만 잃은 사람도 있었기에 깨어나서 날뛰기 시작하면 일이 복잡해질 수도 있었다.

"······그러네. 부탁할 수 있을까?"

샤를로트가 고개를 끄덕인 순간이었다.

"샤를로트 님!"

성의 기사들 십여 명이 저택으로 다가왔다.

"이제야 왔구나."

다가오는 기사들을 바라보며 샤를로트가 지친 얼굴로 중얼거렸다.

"이게 대체······."

현장으로 달려온 기사들은 주변의 모습을 보고 할 말을 잃었다. 기절한 용병들은 이리저리 널브러져 있었고, 레버넌트들이 남긴 무수한 마석에, 오피아의 공격으로 만들어진 크레이터, 수많은 공방으로 황폐해진 땅 등 격전의 흔적이 가득했기 때문이다.

그런 참상 속에서 샤를로트 일행만이 우두커니 빛의 장벽에 보호받은 채 모여 있었다. 바로 옆에는 헬과 이프리타라는 거대한 짐승이 자리하고 있었으니 할 말을 잃는 것도 무리는 아니었다.

"마침 잘됐어요. 그들과 협력하세요. 이쪽의 수비는 사츠키 님과 스즈네 님, 게다가 이 아이들도 있으니까요."

문제없다는 듯 샤를로트는 헬과 이프리타를 올려다보며

루이즈에게 지시를 내렸다. 그 말에 루이즈가 "네!" 하고
대답했다.

"헬, 이프리타, 기사들이 밖으로 나갈 수 있도록 구멍을
하나 내줄래?"

미하루가 두 마리에게 부탁했다.

"커흥!"

미하루의 말을 제대로 알아들은 것인지 장벽 앞쪽에 사
람 두세 명이 지나갈 수 있는 구멍이 뚫렸다.

"……그럼 다녀오겠습니다."

루이즈는 헬과 이프리타를 신기하게 바라보며 장벽 밖
으로 나갔다. 그 후 기사들은 협력하여 용병들을 구속하고
성의 감옥으로 운반하기 시작했다. 그 모습을 저택 근처에
숨어 관찰하는 이들도 있었지만, 이 자리에서는 눈치챈 사
람은 없었다.

그리고 장소는 상공으로 돌아간다.

"제게 비책이 있습니다."

고우키가 그런 말을 꺼냈다.

"정말 카요코 씨 말이 맞았네요."

"그러게."

사라와 오피아가 감탄한 표정을 지었다.

"고우키 씨, 작전이라는 게 뭐죠?"

이런 때에도 흐트러지지 않는 고우키가 듬직했던 것인지, 세리아도 키득키득 웃음을 흘릴 정도로는 여유가 생긴 것 같다. 그녀가 기대를 담아 고우키에게 물었다.

"네. 세리아 공. 놈에게 먹힐 만한 공격마법이 있습니까? 만일 특별한 마법이 있다면 놈에게 퍼부어 약하게 해 주시면 좋겠는데……."

"……있습니다. 앞서 쏜 포격보다 더 강한, 제가 쓸 수 있는 가장 강한 마법."

그런 고우키의 물음에 세리아의 뇌리에 하나의 마법이 떠올랐다.

"하지만 남은 마력으로는 쓴다고 해도 한 번이에요. 그 한 번으로 날고 있는 저것을 확실히 맞출 수 있을지 어떨지는……."

자신이 없었다.

"횟수는 한 번으로 충분합니다. 그 한 번을 확실하게 맞히면 되니 문제없지요."

"아, 네. 확실히 맞힐 수만 있다면……."

그게 쉬운 상대는 아니었지만, 세리아는 우선 고개를 끄덕이고 이야기가 이어지기를 기다렸다.

"한순간이라면 지금의 본인도 공중의 놈에게 속도로 겨룰 방법은 있습니다. 본인이 최초로 정면으로 공격해 놈을 감속시키겠습니다. 그러면 아마 마법을 명중시키기 쉬운 상태가 될 겁니다. 그 틈에 공격을 해서 시간을 벌었으면 합니다."

"……알겠습니다."

"그리고 사라 공, 오피아 공, 카요코의 협력도 꼭 필요합니다. 사라 공과 오피아 공은 카요코처럼 물채찍을 만들어 놈을 구속할 수 있겠습니까?"

"계속 움직이는 상태라면 글쎄요. 자신은 없네요. 세 명이 동시에 채찍을 휘두르면 가능할 것 같지만, 저 정도의 기세라면 그대로 끌려가 버릴 가능성도……."

사라와 오피아가 약간 자신 없게 얼굴을 마주 보았다.

"속박하는 것은 세리아 공이 마법을 쏜 뒤이니 움직임도 둔해졌을 테지요. 그 틈에 세 사람이 동시에 저놈의 움직임을 속박해 곧바로 날아 달아나지 않도록 해 주시면 고맙겠습니다."

"네, 그런 거라면 가능할 것 같아요."

사라가 아까보다는 자신 있는 표정으로 고개를 끄덕였다.

"그렇다면 다음으로 어디선가 녀석과 스쳐 지나는 형태로 마주 보고 싶습니다. 오피아 공, 에어리얼을 시켜 비행 경로를 조정해 주시겠습니까?"

"알겠습니다, 에어리얼."

오피아가 이름을 부르자 에어리얼이 선회를 시작했다.

"자아, 그럼. 선공은 본인이 맡을 테니 여러분은 본인이 지시한 타이밍에 기술을 발동해 주십시오."

"네!"

질 생각은 추호도 없다. 만일 그랬다면 하늘로 올라오지도 않았을 것이다. 일동은 힘차게 고개를 끄덕이며 고우키의 지시를 받아들였다.

이리하여 다섯 영웅들은 영웅살인마에 다시 도전하게 되었다.

"그럼 마법의 발동 준비를 갖추겠습니다. 조금만 기다려 주세요."

작전을 위해 먼저 준비를 시작한 것은 세리아였다.

크렐 백작가에는 대대로 내려오는 비전의 공격마법이 있었다. 세리아가 지금 사용하려는 공격마법이 바로 그 비전마법이었다.

현대 마법학에서는 최상급으로 분류되는, 크렐 백작가의 피를 받은 자 중에서도 특출난 마법의 재능을 타고난 자에 한해서 다룰 수 있는 초월 마법.

"《언실링 · 솔레스탈 매직/봉인 해제 · 현신마법》."

세리아가 중얼거리자 그녀를 감싸 안듯 마법진이 펼쳐졌다.

"《오센티케이션 · 세리아크렐/인자 보유자 인증》."

순간 세리아를 휘감는 마법진의 빛이 강해졌다.

"《세이프티 · 안티베이션/사용자 보호 술식 부팅》."

마법진이 세리아의 오른팔로 단숨에 응축해 갔다.

"《차지/마력충전》……."

발동에 필요한 마력을 염출하기 위해 추가로 주문을 외웠다. 그에 호응하듯 세리아가 보유한 마력이 남김없이 오른팔로 모이기 시작했다. 본래라면 정령술사가 아닌 이상 보이지 않아야 할 마력이 가시화될 정도로 응축되었다. 타닥, 아직 마법을 발동하기 전인데도 파괴 에너지가 오른팔에서 새어 나왔다.

"……어쩐지 꽤 심상치 않은 마법을 쓰실 것 같군요."

고우키는 세리아의 오른팔을 보고 눈을 동그랗게 떴다.

"직격한다면 기대에 부응할 수 있을 겁니다."

세리아가 굳은 표정을 지으며 고개를 끄덕인다.

"……이거, 굉장하다."

오피아가 세리아의 오른팔을 바라보며 불쑥 중얼거린다.

"그러게요……. 이런 폭주 직전의 마력은 가능하면 다루고 싶지 않습니다……. 아니, 다룰 수 없어요."

사라도 이마에 식은땀을 흘리며 동의한다.

"나도 마력을 제어하는 것만으로도 벅차. 다른 모든 작업은 술식에 맡기고 있는 거야……."

그렇다, 지금 세리아가 하고 있는 것은 마력의 제어뿐이었다. 마법을 발동시키는데 필요한 작업 대부분을 술식에 통째로 던져서, 그녀가 가진 마법 처리능력을 모두 사용해 마력 제어에만 전념했다. 정령술이라면 본인이 다 해야 할 작업을, 마법이라면 술식에 위탁할 수 있었기에 그나마 가능한 작업이었다.

그리고 몇 초가 지났다.

"《스탠 바이/발동 대기》. ……준비 완료. 이제 주문을 영창하면 마법이 발동됩니다. 언제든지 좋습니다."

세리아가 비로소 마법의 발동 준비를 갖췄다.

"정말 고맙습니다. 세리아 공의 모습을 보고 본인도 마음을 더욱 다잡았습니다. 그럼 오피아 공."

고우키는 세리아에게 감사를 전하고 오피아에게 시선을 던졌다.

"저것을 향해 정면으로 돌진하면 되는 거죠?"

"그러합니다! 부탁드립니다!"

"알겠습니다, 에어리얼!"

"끼이이이이!"

오피아의 지시를 받은 에어리얼이 궤도를 변경했다. 지금까지는 원을 그리듯 선회하며 날아다니는 영웅살인마와 거리를 두었으나, 정면 승부를 벌이기 위해 일단 더 뒤로 물러섰다.

그렇게 십여 초 뒤, 에어리얼과 영웅살인마는 거리 백수십 미터에서 서로 대치했다.

"우우우우!"

에어리얼이 돌진할 거라는 건 영웅살인마도 짐작한 것 같았다. 스스로의 방어력에도 자신이 있을 것이다. 마치 얼마든지 오라고 말하는 듯이 방패를 들고 가속을 개시했다. 이 시점에서 서로의 거리는 수십 미터까지 근접했다.

"끼이이!"

에어리얼의 주위는 바람의 결계로 덮여 있어 날고 있어도 등에 탄 고우키 일행에게 느껴지는 공기 저항은 거의 없었다. 그런 에어리얼의 등에서 고우키는 검을 들었다.

"……그럼 갑니다!"

그렇게 말하고 가볍게 도약하자 고우키의 등에 부드러운 강풍이 일었다. 곧바로 고우키는 공중에서 단번에 가속해 에어리얼 위에서 사라졌다.

"빨라!"

사라가 멈칫했다.

"이건 하루토 씨의 고속이동술?"

오피아도 눈을 동그랗게 뜨고 고속이동의 이치를 알아맞혔다. 바람의 정령술을 이용한 고속이동은 리오가 잘하는 기술이었다.

'본인의 가속은 리오 님만큼 능숙하진 않지만, 말이지. 그저 우직하게 돌진할 뿐. 하지만 이것도 도미니크 공께서 카마이타치로 단련시켜 주신 덕분이다!'

고우키는 자신의 애검 카마이타치를 장비한 채 적합한 타이밍에 단번에 가속하는 법을 배웠었다.

본가의 리오와 비교하면 아직도 거칠지만 그래도 모방은 가능했다. 어쩌면 처음 리오와 합을 맞췄을 때, 이 기술을 보았을 때부터 첫눈에 반해 한결같이 계속 이미지화했기 때문인지도 모른다. 아니면 리오에 대한 충성심 때문이었을까. 지금은 아무래도 좋다.

"오의, 제1검, 《단공》!"

고우키는 이미 수십 미터 앞까지 다가온 영웅살인마를 향해 오른쪽 대각선을 향해 검을 뽑아들고 바람의 참격을 날렸다. 그 위력은 일찍이 카라스키 왕국에서 리오에게 보였던 것과는 비교도 할 수 없을 정도의 위력을 담고 있었다.

"아아아악!"

정면에서 방패로 막아낸 영웅살인마의 거구가 충격으로 감속되었다. 그래도 대미지를 입히지는 못했다.

"오의, 제2검, 《섬공》!"

고우키는 그 순간 바로 다시 자세를 잡고 해골 기사에게로 육박했다. 그리고 감속한 상대에게 파고들어 둘러쳐진 방패에 다시 한번 검을 내려쳐 공격을 먹였다. 그러자 영웅살인마는 더욱 감속했다.

"역시 이런 질량 차로는 밀리지 않는가! 방패에 금이 가지도 않는군……. 하지만 적당히 알맞게 감속됐다. 세리아 공, 지금입니다!"

고우키가 배후에 있을 세리아를 향해 외쳤다. 고우키의 뒤로 비행해 온 에어리얼이 영웅살인마에게 다가갔다.

"《듀란달/성검참격마법》!"

그와 동시에 세리아는 마법진을 두른 오른팔을 검처럼 수직으로 휘둘러 마도의 명문 크렐 백작가가 대대로 내려

온 비전의 최강 마법을 쏘았다. 응축된 채로 해방된 마력 파괴에너지가 눈앞의 적을 없애기 위해 다가갔다.

"아아아아!"

영웅살인마는 세리아가 쏘아붙인 마법을 상당한 위협으로 느꼈는지 당황하며 방패로 막으려 했다.

"가라아아앗!"

이때만은 세리아도 크게 외쳤다.

"아아아아아아아!"

그 결과, 지금까지 금 하나 가지 않았던 영웅살인마의 방패가 산산조각이 나며 날아가 버렸다. 심지어는 방패를 들고 있던 한쪽 팔과 갑옷까지 모조리 사라졌다.

일반적인 최상급 공격마법이 사상의 규모를 확대해 공격범위를 넓히는 것에 중점을 둔 것에 반해, 세리아가 발사한 성검참격마법은 사상의 범위를 예리하게 좁힘으로써 오직 위력만을 추구한 마법이었다. 그 위력은 신마전쟁기에 수많은 영웅의 일격을 막았던 영웅살인마의 철벽마저 날려버릴 정도였다.

"굉장해요, 세리아 씨!"

"응!"

사라와 오피아가 무심코 환호했다.

"이, 이걸로, 전부 다 썼어……."

세리아는 힘을 잃고 에어리얼의 등에 기댔다.

"역시 리오 님의 은사. 훌륭합니다, 세리아 님. 이래서야 우리가 나설 차례도 없을 것 같군요."

그래도 일은 일인지라 카요코가 손칼로 물 채찍을 날렸다.

"이제 우리 차례야, 사라!"

"아, 응!"

사라와 오피아도 물채찍을 손에 만들어 각각 영웅살인마의 몸을 움켜쥐었다. 그는 반신을 잃은 채 신체를 속박당했다.

"아아아악!"

사전에 계획한 대로 영웅살인마의 몸은 공중에서 보기 좋게 균형을 잃고 말았다.

"이거 참, 아주 훌륭합니다. 본인의 일도 완전히 수월해졌군요. 그러나, 괴물이라고는 해도 무사에게는 도리라는 것이 있는 법! 오의로 마무리를 짓겠습니다!"

고우키는 공중에서 크게 도약하자마자 머리 위에서 검을 겨누고 다시 영웅살인마에게 다가갔다. 그리고 리오의 이동술을 모방한 가속으로 급접근했다.

"오의, 제1검, 《단공》!"

비스듬한 일직선의 참격이 해골 기사에게로 향했다. 균형이 무너진 상태라 제대로 검을 휘두르지도 못했다. 참격은 만신창이가 된 영웅살인마 갑옷의 앞가슴으로 빨려 들어갔다.

"오의, 제2검, 《섬공》!"

고우키는 한층 더 급가속해 앞선 참격에 이어 이번에는

그와 정확히 반대되게 검을 휘둘렀다.

"그아아아아!"

두 개의 참격이 서로 겹치자 해골 기사를 감싸고 있던 갑옷이 부서지며 고통 섞인 목소리를 냈다. 그러나 아직도 죽지 않았다.

"그렇다면 오의, 제3검, 《절공》!"

고우키는 검이 휘둘러진 상태에서 이번에는 똑바로 옆으로 움직여 영웅살인마의 갈비뼈를 위아래로 갈라놓았다.

"……."

이것으로 최고라 불리는 영웅살인마도 절명했으리라. 손에 쥐었던 검도, 몸통도, 공중에서 깨끗하게 무너지며 산산이 흩어져갔다.

"네 번째 검은 필요 없었나."

공중에 있던 고우키가 휘두른 검을 깔끔하게 움직여 검집에 넣었다. 그리고는 에어리얼의 등에 발을 얹었다.

잠시 후.

"와아아아!"

가르아크 왕국의 왕도가 진동했다.

이는 다섯 영웅들을 지상에서 지켜보던 왕도 안 백성들의 목소리였다.

승리의 찬송가였다.

정령환상기

𝕂 제 7 장 𝕏 ❊ 다음 파란의 예감

왕도 안에 함성이 울려 퍼졌다.

그리고 아득한 상공.

'영웅살인마까지 투입해서 단 한 명도 처리하지 못한 건 꽤 재미없는 결과로군요. 다만…….'

영웅살인마를 쓰러뜨린 고우키 일행이 에어리얼을 타고 지상으로 내려가는 모습을 레이스는 물끄러미 바라보았다.

'세리아 크렐, 평범한 마도사가 아니라는 건 알고 있었지만 현신마법까지 부릴 줄은……. 과거 칠현신이 낳은 신조(神造) 마도사의 후예가 크렐 백작가였군요. 그녀는 유달리 뛰어나게 그 재능을 이어받은 것 같습니다. 젊고 사랑스러운 외모까지 포함해 격세 유전이라는 걸까요.'

더 정확히 말하자면 레이스가 눈여겨본 것은 세리아였다.

'현 상황으로는 영창 없이 마법을 다룰 수는 없는 것 같군요. 아직 단신으로 영웅살인마를 지휘할 정도의 힘은 가지지 않은 것 같지만, 앞으로 어떻게 성장해 갈지는 모르는 법. 검은 기사와 인간형 정령 소녀를 제외하고도 가장 먼저 없애야 한다면 저 소녀일까요…….'

대량 투입된 레버넌트들은 토벌당하고, 용병들은 원수를 갚으려다 도리어 당했으며, 비장의 영웅살인마는 쓰러졌다.

'지금의 저로서는 연속으로 드라우글을 호출할 수 없습니다. 이 이상, 쓸 수 있는 패는 없군요.'

포기할 수밖에 없나, 레이스는 드물게 씁쓸한 표정을 지었다.

'……그렇지만 신조 마도사의 후예에, 중위 정령을 거느린 다재다능한 아인처럼 보이는 소녀가 셋. 그리고 아마도 야구모 지방에서 왔을 손꼽히는 실력의 실력자 남녀. 게다가 각성 전이지만 가르아크 왕국의 용사도 있다. 이를 이끄는 검은 기사는 각성한 용사가 조종하는 신수와 겨룰 정도로 강하고 강력한 인간형 정령 소녀도 곁에 두고 있지. 종합적으로 보면 역시 각성이 끝난 성녀 수준으로 경이롭군요. 호전적인 만큼 그쪽이 다루기는 더 귀찮을 것 같지만요.'

검은 기사의 인질 확보와 전력 누수에 실패한 지금, 어떻게 처신하는 게 정답일까, 레이스는 고민했다.

'……실제로 계획을 실행할 때 이쪽의 주력이 영웅살인마와 이블 블랙 와이번뿐이면 안심할 수 없겠습니다. 성녀의 생존을 알게 되면 검은 기사의 경계도 당분간 그쪽으로 향할 테니 지금은 대치하게 놔두고 이쪽은 새로운 전력 확보를 위해 움직이는 게 이상적이겠죠. 남은 건…….'

상대 전력이 예상 이상이라면 이쪽도 전력을 보충할 수밖에 없다. 그렇게 쉽게 되면 고생하지 않겠지만, 레이스는 모색할 수밖에 없는 상황이라고 결론지었다.

'**로다니아 함락을 목표로**, 아르보 공작도 슬슬 움직여 볼까요.'

그리고 물밑에서 꾸미고 있는 또 다른 계책을 떠올렸다.

'이런, 루치와 루시우스의 마검 회수에는 성공한 것 같군요.'

성내에서 잠복해 행동하던 알레인 일행의 모습이 눈에 들어와 레이스가 빙긋 웃었다. 이번 작전은 실패라고 말할 수밖에 없으나, 마지막의 마지막에 뒷수습에 가까운 최소한의 목적은 달성한 것 같았다.

'그럼 마지막으로 입막음을 해두고⋯⋯.'

작은 보석 같은 결정이 무수히 들어있는 작은 봉지를 품 안에서 꺼낸 레이스는 그것을 한꺼번에 쥐고 뭉개며 부서진 파편이 봉투에서 사라지는 것을 바라보았다.

'저도 고르러 가볼까요.'

레이스는 가르아크 왕성에서 떠나 날아가 버렸다.

에어리얼을 탄 세리아 일행이 지상에 내려온 지 얼마간 지났을 무렵. 왕성의 공중정원에서 사후 처리를 지휘하던 국왕 프랑수아에게 찾아온 인물이 있었다.

"폐하!"

클레망 그레고리, 가르아크 왕국에서 크레티아 공작가

와 대등한 공작가의 당주인 중년 남성이었다.

"……뭐냐, 클레망."

지금은 보다시피 바쁘다만? 그렇게 말하는 듯한 모습으로 프랑수아가 그레고리 공작에게 답했다.

"적의 목적은 아마카와 경의 저택이었다고 들었습니다."

그레고리 공작은 다짜고짜 용건부터 들이댔다. 리오의 저택에 적의 전력이 집중돼 있었음은 얼핏 보아도 명백했다. 지금 프랑수아가 있는 공중정원은 물론 그리핀을 다루는 공전기사들에게도 잘 보였을 것이다.

프랑수아의 지시를 받고 현장으로 달려가려던 지상 부대도 있었으니 그레고리 공작도 그 어딘가에 있던 자들에게서 이야기를 전해 들었을 것이다.

"귀가 밝군. 상황적으로 그럴 가능성이 높아 보일 뿐, 그렇다고 확정된 것은 아니다만……."

"어쨌든 아마카와 경으로부터 자세한 사정을 들어야 합니다."

"공교롭게도 그럴 수가 없군. 하루토는 지금 왕도를 비웠다."

프랑수아는 성가시다는 듯 어깨를 으쓱했다.

"뭐라고요? 이 중대사에? 아, 그러고 보니 조금 전에 보들리에 변경백 영지로 그가 보낸 마도 통신 연락이 전해졌다 들었는데……."

문득 생각났다는 듯 말하는 그레고리 공작.

실제로 성녀를 추적하는 과정에서 리오는 보들리에 변경백의 영지를 통과해 프랑수아에게 도중 경과를 보고해 주었다. 통신 가능한 범위 내에서 통신용 마도구를 가진 사람이면 누구나 통신 내용을 열람할 수 있었기에 그레고리 공작이 알고 있어도 이상한 일은 아니었다.

"정말 귀가 밝은 사람이군, 그대는."

어이없음 반, 감탄 반으로 탄식하는 프랑수아.

"크레티아의 영애도 그렇고, 제대로 된 입지도 없는 젊은이가 너무 경솔하군요. 그렇게 한 곳에 머물려고 하지 않는 것만 봐도 귀족으로서의 자각이 부족해 보입니다."

그레고리 공작이 탄식하듯 고개를 흔들었다.

"지금 하루토는 짐의 지시에 따라 움직이고 있는데."

그래도 하루토를 비난하겠다면 짐을 비난하는 것과 다름없다, 프랑수아는 예리한 눈빛으로 그레고리 공작을 바라보았다.

"호오, 그러셨습니까. 이거 실례가 많았습니다. 폐하의 직접적인 지시라는 게 궁금합니다만⋯⋯."

그레고리 공작은 흥미로운 듯 눈을 번득이며 프랑수아의 표정을 살폈다. 리오가 리제롯테의 구출을 위해 행동하고 있다는 것은 극히 일부의 입이 무거운 사람에게만 알렸으니 그레고리 공작이라 하더라도 모를 것이다.

'마도 통신의 내용을 열람했다면 하루토가 짐의 지시로 움직이는 것을 짐작했을 텐데, 이 너구리같은 놈⋯⋯. 변

함이 없군.'

짐작을 했으면서도 이 기회를 이용해 캐낼 속셈인 것이다. 굳이 적이 철수한 지 얼마 되지 않은 이 타이밍에 탐색하러 올 필요는 없어 보였지만, 의도야 뻔했다. 목적을 달성하기 위해 이 기회를 놓칠 수 없는 것이리라.

대대로 가르아크 왕국의 양대 귀족은 크레티아 공작과 그레고리 공작이라고 하지만, 리제롯테가 리카 상회를 설립한 이후 크레티아 공작가의 영향력과 존재감은 단번에 늘어났다.

바로 최근에는 눈부신 공적을 올리며 명예 기사로 출세한 하루토 아마카와 귀족까지 나타나 크레티아 공작가와의 관계를 독독히 하고 있었다.

이대로 가다가는 클레망 대에서 그레고리 공작가와 클레티아 공작가 사이에 큰 간극이 생기는 것은 불 보듯 뻔했다

그러니 클레망 그레고리라는 남자는 흠을 찾고 싶었다. 크레티아 공작가를 엮어 발목을 잡을 만한 사건이 생기면 이때다 하고 끌어내린 후 자신의 존재감을 과시한다. 그러한 기회를 호시탐탐 찾고 있었으니 리제롯테와 친하게 지내는 하루토 아마카와라는 신참이자 벼락출세한 귀족을 흠집 낼 수 있을 것 같은 이 상황은 안성맞춤의 기회였다.

"하루토가 무엇을 하고 있는지에 대해서는 그가 돌아오는 대로 정보를 공개할 것이다. 그때까지 기다려라."

"잘 알겠습니다."

클레망은 공손히 고개를 숙였다.

"그렇다고는 해도, 이번 습격에 대해 저택에 있는 사람들에게 사정을 들어볼 필요는 있겠지요. 폐하께서도 바쁘실 줄 압니다. 제게 맡겨만 주신다면 당장이라도 저택으로 취조하러 갈 수 있습니다만⋯⋯."

즉시 태세를 전환해 리오의 주변으로 손을 뻗고자 조사를 신청해온다.

"됐네. 저택 일은 샤를로트에게 일임하고 있다."

프랑수아는 샤를로트의 이름을 들어 가볍게 일축했다.

"오, 그랬지요. 저도 참 이런 실수를. 알겠습니다."

클레망은 의외로 산뜻하게 물러나는 것 같았다.

"⋯⋯다만, 여기 오는 사이에 들었는데 여러 가지 신경 쓰이는 목격 증언도 있는 것 같습니다. 그렇지 않아도 신참인 아마카와 경은 수수께끼가 많지요. 용사님과도 친분이 있으시니 여러모로 배려가 필요한 것은 알고 있습니다만, 이번 습격에 대해서는 무슨 일이 일어나고 있는지 궁금해하는 사람도 실로 많은 것 같으니⋯⋯."

습격에 대한 상세한 내용에 대해, 가능한 정보는 공개해도 되지 않습니까? 클레망은 가만히 프랑수아의 얼굴을 들여다보면서 실로 함축적인 말을 던졌다.

'과연, 여기서 다른 언질을 얻는 것이 목적인가⋯⋯.'

말하자면 우회적인 견제였다.

리오의 주변정보에 대해서는 프랑수아의 지시로 가려진 경우가 많았다. 그것은 공공연히 알려진 사실이었고, 국왕의 지시인 이상은 클레망과 같은 대귀족이라도 쉽게 이의를 제기할 수 없었다.

　그러나 그럴듯한 이유만 있으면 얘기가 달라진다.

　예를 들어, 명백히 리오의 집을 노린 습격이 발생한 이 상황에서 성 안이나 인원에게도 일정한 피해가 발생한 것을 전면에 내세운다면, 프랑수아로서도 정보공개 요청을 거절하기 어려웠다.

　"물론 습격의 상세한 내용에 대해서는 필요한 범위에서 공유하겠다. 후일 말이네."

　필요한 범위에 한정한다는 유보는 했지만 프랑수아는 고개를 끄덕였다. 이것으로 클레망으로서도 후일 재차 이 건을 화제로 올리기 쉬워진 셈이다.

　"그 소식을 듣고 마음이 놓였습니다. 그럼 저는 이쯤에서……."

　클레망은 깊이 절하고는 경쾌한 발걸음으로 떠나갔다.

　'용병들의 의도가 무엇이었는지, 그 목적과 일의 여하에 따라서는 정말 성가신 일이 될 것 같군. 하여간…….'

　프랑수아는 피로를 토해내듯 크게 한숨을 내쉬며 앞으로 올지도 모를 파란을 응시하듯 리오의 저택을 시야에 담았다.

$\diamond \ \diamond \ \diamond$

고우키 일행이 영웅살인마를 물리친 그다음 날.

장소는 신성 에리카 민주 공화국. 그 수도인 에리카부르크 의회에서.

만장일치로 하나의 의결이 내려졌다.

"그럼 결정이군요."

초대 원수를 맡은 에리카가 숙연하게 고했다.

"……."

의회실에는 국민을 대표하는 의원들이 모여 있지만, 의결이 내려졌는데도 실내는 쥐죽은 듯 고요했다.

너나 할 것 없이 숨을 죽이고 있다. 바로 에리카 자신의 입에서 의결 내용을 선언하기를 기다리고 있는 것이다.

"우리나라는 가르아크 왕국을 향한 침략을 실행할 것입니다."

바로 전쟁 개시 선언.

"오오오오오오!"

순간 의회실이 열기로 가득 찼다.

방 안에 있는 누구나 전쟁을 원하고 열광했다.

얼마 전에 탄생한 시골 소국이 슈트랄 지방 유수의 역사 깊은 강국에 도전하고 있었다.

도저히 제정신으로 할 수 없는 결단이다.

하지만 누구나 믿었다.

자신들의 승리를 믿어 의심치 않았다.

자신들을 승리로 이끌어주는 성녀 에리카를 믿고 있었다.

"에리카 님!"

"에리카 님!"

"에리카 님!"

"에리카 님!"

"에리카 님!"

"에리카 님!"

"에리카 님!"

의원들이 일사불란하게 그 이름을 외쳤다.

"후후."

그런 그들을 보며 에리카가 부드럽게 미소지었다.

입술이 일그러졌다.

입꼬리가 올라갔다.

그것은 마치 성녀처럼.

그것은 마치 마녀처럼.

에리카의 눈동자가 어떤 미래를 내다보고 있는지 아는 사람은 이 방에 아무도 없었다.

하지만 그들은 성녀를 믿었다.

성녀가 그들을 승리로 이끌 것이라고 믿었다.

그런 그들의 앞날에 어떤 미래가 기다리고 있을까.

그들이 그것을 알게 될 날은 그들이 생각하는 것보다 훨씬 더 가까이 다가오고 있었다.

장소는 가르아크 왕성.

천상의 사자단 습격이 발생한 날로부터 사흘 후 낮. 가르아크 국왕 프랑수아가 습격 후 처음으로 리오의 저택을 찾았다.

저택 사람들에게 이야기를 듣고 싶다는 이유도 있었지만, 필요한 정보 수집은 습격 즉시 샤를로트가 마쳤기에 프랑수아도 미리 보고를 받았다. 방문한 가장 큰 이유는 적의 격퇴에 크게 기여한 일동에게 인사를 전할 겸, 고우키 일행의 얼굴을 보고 싶었기 때문이었다.

방문하는데 시차를 둔 것은 고우키 일행을 왕성에 불러내는 것이 아니라 프랑수아가 저택에 직접 방문하는 이유도 관련되었다.

영웅살인마를 죽인 고우키 일행의 싸움은 왕도 안의 모든 인간들이 목격했기에 왕성에서도 큰 주목을 받았다. 그런 그들을 습격 직후 왕성으로 불러내면 귀족들이 간섭할 것이 뻔했다.

하지만 샤를로트에게 받은 보고에 의하면 쓸데없이 공개할 필요가 없는 정보도 적지 않게 있었다. 섣불리 일을 벌려 사츠키나 리오의 반감을 사는 사태로 발전하게 되는 것은 프랑수아로서도 달갑지 않았다. 정보 공개 시에는 리오의 승낙도 얻어 두고 싶었다. 시간차를 두면 리오가 귀환할 때까지 시간을 벌 수 있을 것이라는 계산도 포함해 프랑수아는 굳이 날을 띄워 방문했다.

참고로 사라나 고우키 일행이 가르아크 왕국 측에 공개한 정보에 대해서는, 현 상황에서 그녀들이 가지고 있는 비밀을 포함해 모든 것을 가르쳐 준 것은 아니었다.

예를 들어 습격 시에 출현한 헬, 이프리타, 에어리얼이 정령이라는 것과 정령술의 존재에 대해서는 알려주었지만, 사라 일행이 인간족들이 말하는 아인이라는 사실은 숨겼다. 고우키 일행에 대해서도 리오의 부모님과 인연이 있는 인물이라는 것은 알려주었지만, 리오의 출생과 깊게 관련된 내용에 대해서는 리오 본인의 승낙을 얻은 뒤 설명할지를 결정하게 해달라고 전해왔다.

뭐, 그건 그렇다 치고. 일단 필요한 인사 같은 것들은 모두 마친 상황이었다.

"그래, 가르아크의 국왕으로서 귀공들을 환영한다."

프랑수아가 고우키와 카요코에게 말했다.

"불청객 상태로 성 안에 들어와 버린 저희에게 이리 각별한 관용을 베풀어 주시니 황송하기 이를 데 없습니다."

이국의 왕에게 경의를 표하기 위해 고우키는 정중한 태도로 고개를 숙였다.

또한 현재 위치는 저택의 식당이었다. 미미하나마 용병들의 공격으로 리오의 저택에도 피해가 발생했다. 응접실은 아직도 창문이 깨진 채였기 때문에 그 대신 식당을 회담장으로 이용했다. 이후엔 점심도 함께 먹을 예정이었다.

실내에는 프랑수아, 고우키, 카요코 외에도 샤를로트와 사츠키, 미하루, 세리아, 사라, 오피아가 있었다. 아르마는 이미 상처는 완쾌됐지만 몸조리를 하며 쉬고 있었고, 라티파는 아르마의 간병을 겸해 말벗을 해주고 있었다.

"음, 그러고 보니 상공에서 내려와 성으로 들어왔었지. 훗, 되었다, 신경 쓰지 마라."

프랑수아가 유쾌한 미소를 지었다.

"자세한 것은 하루토가 돌아오는 대로 진행되겠지만, 의향 확인은 해 두고 싶어서 말이다. 당신은 하루토의 사병이라기보단 가신이라고 생각하면 되는 건가? 하루토와의 관계는 그곳에 있는 사라 아가씨들과는 또 달라 보여서 말이야. 원한다면 적을 토벌한 감사를 겸해 상응한 신분을 마련해줄 수도 있다만……."

그가 고우키에게 물었다.

"그게 또 워낙 사정이 복잡하여, 당장은 가신이 아니라 협력자라고 생각해 주시면 됩니다. 하루토 님은 저희 모두를 아래로 보는 것을 꺼리시니 말입니다."

고우키가 약간 곤란하다는 듯 온화한 얼굴로 대답했다.

"그렇군……. 어쩐지 또 녀석의 고생이 엿보이는 것 같군. 하지만, 잘 알았다. 역시 이 얘기는 하루토가 있을 때 해야 할 것 같구나."

"하늘을 날면 금방 돌아올 수 있으니 어쩌면 오늘 느닷없이 돌아올지도 몰라요."

다시금 상기된 미소를 머금은 프랑수아에게 샤를로트가 말했다.

"말로만 듣던 정령술인가. 정령의 존재라는 것을 듣고 귀를 의심했다만, 덕분에 성녀도 추적할 수 있었으니 말이지."

프랑수아가 이렇게 말하는 것은 아이시아가 인간형 정령임을 알기 때문이었다. 이는 사라 일행이 전했다기보다 알려졌다고 하는 것이 맞을 것이다. 사라 일행이 정령의 존재를 밝히게 되면서 샤를로트가 혹시 리오도 정령과 계약하고 있는 것은 아닐까 추측했고, 아이시아가 영체화해 성녀를 추적하는 것이 아닌가 짐작했던 것이다.

"저…… 그 하루토 씨가 돌아왔을지도 모릅니다."

그때, 사라가 슬쩍 손을 들며 말했다.

"어머나, 그럼 제가 정문으로 모시러 가겠습니다."

기뻐 보이는 얼굴로 지체 없이 일어서는 샤를로트.

"아니, 돌아온 걸 안다는 전제하에 기다리고 있으면 놀라잖아. 하루토는 샤를이 정령의 존재를 알았다는 걸 아직 모를 테니까."

사츠키가 말했다.

"그래서 재밌는 거 아니겠어요?"

흥분한 얼굴로 대답하는 샤를로트.

"……뭐, 그런가. 그래, 그럼 나도 갈까?"

그런 그녀에게 이끌린 것인지, 사츠키도 히죽 입매를 올리며 일부의 인원이 리오를 마중하기로 결정되었다.

◇　◇　◇

그리하여 위치는 성의 정문 앞으로. 리오를 마중 나온 멤버는 샤를로트, 사츠키, 그리고 미하루와 세리아였다.

그들은 귀족거리에서 정문을 향해 리제롯테를 데리고 걸어오는 리오 일행을 바라보았다.

"정말로 데리고 돌아온다는 게 진짜 굉장하지……."

사츠키가 불쑥 중얼거렸다. 어이가 없다기보다는 믿음직스러움이나 동경 같은 것이 엿보이는 음색이었다. 자기 자신보다 더 용사 같은 일을 하고 있다고 생각하는 듯했다.

"하루토 님이니까요. 그야 당연하죠."

샤를로트가 의기양양한 얼굴로 고개를 끄덕인다.

"그 말로 납득이 가는 게 굉장해."

"그러게요."

사츠키와 미하루가 쓴웃음을 지었다.

"예상대로 놀라는 것 같아요. 가볼까요?"

멀리서 눈을 동그랗게 뜬 리오를 바라보며 세리아가 보조개를 만들었다.

"그러네요. 가죠. 안녕, 하루토!"

사츠키가 크게 손을 흔들며 종종걸음으로 달려나갔다.

샤를로트도 그 뒤를 따랐다.

"어서 와, 하루토! 리제롯테, 아이시아랑 아리아 씨도!"

이윽고 대화가 가능한 거리까지 가까워졌을 때 사츠키가 만면에 미소를 지으며 리오에게 말했다.

"……네, 방금 돌아왔습니다."

리오는 역시 당황하는 눈치였다.

"후훗, 하루토 님이 안 계신 동안 여러 일이 있었어요. 무사해서 다행이에요, 리제롯테도 어서 와요."

당황하는 리오의 모습이 유쾌한지 샤를로트가 리오에게 다가가 팔을 감았다. 그대로 쭉 잡아당기면서 리제롯테에게도 인사했다.

"……감사합니다, 샤를로트 님."

리제롯테도 리오처럼 어리둥절한 표정으로 응했다.

"입성 수속은 이쪽에서 마쳤으니 자세한 이야기는 안에서 들려주시어요. **고우키 일행분들도 저택에서 기다리고 있으니까요.**"

샤를로트가 장난기 어린 표정으로 리오의 얼굴을 들여다보았다.

"……."

리오는 저도 모르게 할 말을 잃었다. 자신이 집을 비운 사이에 도대체 무슨 일이 있었던 것일까, 라는 표정이었다.

"뭐야, 샤를. 여기 두 사람은 아직 인사도 못 했는데."

사츠키가 리오를 독점하려는 샤를로트를 환시시켰다.

"나도 하고 싶은 말은 많지만, 하루토가 집을 비운 동안 세리아 씨도 미하루도 정말 열심히 했어. 그러니까 둘의 이야기를 많이 들어줘. 자, 두 사람 다."

그리고 사양하는 미하루와 세리아의 등을 밀며 리오에게 다가갔다.

"저기……."

미하루와 세리아는 조금 쑥스러운 듯 얼굴을 마주 보았다.

"어서 오세요."

하지만 곧 수줍어하면서도 다정하게 리오 일행의 귀환을 축복했다.

여러분, 안녕하세요. 키타야마 유리입니다. 《정령환상기 19. 바람의 태도》를 손에 들어주셔서 감사합니다.

19권이 드디어 발매되었습니다!

본편을 다 읽은 후에 이 후기를 보고 계신 분도 많으시겠지만, 후기부터 읽는 분도 계시다고 들은 적이 있으니 스포일러성 글은 삼가겠습니다.

본론으로 들어가서, 리오는 혼자서 싸우려고 하는 경향이 있습니다. 이는 리오가 너무 강하다는 이유도 있지만, 남을 말려들게 하고 싶지 않다는 마음이 지나치게 강한 그의 성격 때문입니다.

평소 리오와 함께 있던 사람들은 당연히 그런 것들을 이해하고 있기 때문에, 그것을 어떻게 받아들이고 있는지, 어떻게 있고 싶은지, 어떻게 성장해 왔는지, 이 19권 안에서 표현할 수 있었다면 좋겠습니다!

이어지는 20권에서는 19권의 전개를 바탕으로 리오와 아이시아의 활약도 충분히 그리게 될 것 같습니다.

10권이 그랬던 것처럼, 20권 역시 이야기상 큰 고비를 맞이할 것…… 이라고 생각합니다. 발매를 즐겁게 기다려 주신다면 좋겠습니다!

이전처럼 책 말미에 20권 발매 예고가 있으니 이쪽도 꼭

봐 주세요. 20권의 서브타이틀은 『그녀의 성전』입니다.

그리고 TV 애니메이션 속보도 드문드문 나오기 시작할 겁니다. 최신 정보는 TV애니메이션 공식 사이트 또는 『정령환상기』 공식 트위터 계정이나 제 트위터 계정에서도 수시로 공지해 드릴 테니 팔로우해 주시면 감사하겠습니다!

아직 전해드릴 수 없는 것이 많지만, 『정령환상기』의 TV 애니메이션, 멋진 작품이 될 것이라 생각합니다.

원작자로서 미력하나마 제작에 협력하고 있습니다만, 프로페셔널한 모든 분들의 저력을 뼈저리게 느끼는 나날입니다.

그러니 소설 20권은 물론 TV 애니메이션도 기대해주세요! 방송이 개시되면 함께 시청합시다!

마지막으로 독자 여러분과 관계자 여러분께 가장 큰 감사를 드립니다. 그럼 20권에서도 다시 여러분과 뵐 수 있길 바랍니다.

정령환상기
20. 그녀의 성전

내가 설 자리는 이 세상에 없다.

그래서 원했다.
그래서 행동했다.

텅 빈 나에게 남겨진 단 하나의 소원.

그것을 다하기 위해——.

이것은, 나의 성전이다.

SEIREI GENSOUKI Vol.19

ⓒYuri Kitayama

Originally published in Japan in 2021 by HOBBY JAPAN CO., Ltd.

Korean translation rights ⓒ2022 by Somy Media, Inc.

정령환상기 19 —바람의 태도—

2022년 9월 14일 1판 1쇄 발행

저　　자 키타야마 유리
일러스트 Riv
옮 긴 이 이은혜
발 행 인 유재옥
본 부 장 조병권
담당편집 정영길
편 집 1 팀 김준균 김혜연 박소연
편 집 2 팀 정영길 조찬희 박치우 정지원
편 집 3 팀 오준영 곽혜민 이해빈
디 자 인 김보라 박민솔
라이츠담당 맹미영 이승희 이윤서
디 지 털 박상섭 최서윤 김지연
발 행 처 ㈜소미미디어
제 작 처 코리아피앤피
등　　록 제2015-000008호
주　　소 서울시 마포구 토정로 222, 403호 (신수동, 한국출판콘텐츠센터)
판　　매 ㈜소미미디어
마 케 팅 한민지 최정연 박종욱
물　　류 허석용
전　　화 편집부 (070)4164-3962, 3963 기획실 (02)567-3388
　　　　　 판매 및 마케팅 (070)4165-6888 Fax (02)322-7665

ISBN 979-11-384-1327-5 (04830)
ISBN 979-11-6611-646-9 (세트)